Y0-CMH-506

흑설공주
이야기

## 흑설공주 이야기
-세상의 모든 딸들을 위한 동화

지은이 바바라 G. 워커 | 옮긴이 박혜란

초판 1쇄 발행 1998년 4월 25일
개정판 1쇄 발행 2002년 8월 12일 | 34쇄 발행 2007년 12월 12일

펴낸곳 뜨인돌출판사 | 펴낸이 고영은
기획총괄 박철준 | 마케팅책임 김완중 | 제작책임 정광진
편집장 인영아 | 기획편집팀 이준희, 이재두, 안소현, 김동규, 이진규, 김혜미, 장은선
디자인팀 박정화 | 마케팅팀 이학수, 오상욱, 엄경자, 최인수 | 총무팀 김용만, 고은정
표지디자인 MAYA | 본문디자인 이미연 | 필름출력 경운 | 인쇄 예림 | 제책 바다
신고번호 제 1-2155호 | 등록일자 1994년 10월 11일
주소 121-840 서울시 마포구 서교동 396-46(마포구 솔내 1길 18-8)
대표전화 (02)337-5252 | 팩스 (02)337-5868
뜨인돌 홈페이지 www.ddstone.com | 노빈손 홈페이지 www.nobinson.com
책값은 뒤표지에 있습니다. | 978-89-86183-73-3  03840


FEMINIST FAIRY TALES
Copyright ⓒ 1996 by Barbara G. Walker

Korean Translation Copyright ⓒ 1998 by Daniel's Stone Publishing Company
Korean edition published by arrangement with HarperSanFrancisco,
a division of HaperCollins Publishers Inc. through Shin Won Agency Co.
All rights reserved.

이 책의 한국어판 저작권은 Shin Won Agency를 통한 저작권자와의
독점 계약으로 뜨인돌출판사에 있습니다.
신저작권법에 의해 한국 내에서 보호를 받는 저작물이므로
무단 전재와 복제를 금합니다.

# 흑설공주
## 이야기

바바라 G. 워커 지음 · 박혜란 옮김

뜨인돌

| 여는 글 |

　　■■■ 모험의 세계를 떠난 왕자가 우여곡절 끝에 세상에서 가장 아름다운 공주를 만나 결혼하여 잘살았다더라는 동화는 수백 년 동안 어린 여자아이들의 마음을 사로잡았고 지금도 그 동화가 남긴 꿈은 계속되고 있다.
　반대로 미모가 따라주지 않는 여성에겐 덕성도, 행복도, 행운도, 사랑도 없다. 이처럼 동화에는 아름다운 여자를 제외하고는 여성에 대한 존중이라곤 찾아볼 수 없다.
　심지어 독일의 옛날 이야기 「퍼도키」에는 세상에서 가장 아름다운 아가씨와 결혼하려고 모험을 떠난 한 왕자가 나오는데, 미모가 뒤떨어지는 후보가 타고 온 마차들은 번번이 강물 속에 내던져진다. 세상에, 못생긴 여자는 제거되어야 마땅하다는 말이 아닌가!
　왕자와 공주가 결혼하는 이런 류의 동화들은 그 순진무구한 겉모습과 달리 매우 위험한 메시지들을 전파하고 있다. 이런 동화를 읽으며 자라는 여자아이들은 '외모가 재산'이며 다른 것은 아무래도 상관없다는 생각을 은연중 받아들이게 되는 것이다. 여성에게 못생겼다는 것은 지탄받아 마땅한 치명적 결함이 되고 마는 것이다.
　이 책에 수록된 이야기들은 어린 시절 우리가 읽었던, 특히 여성을 폄하하는 내용의 동화들을 여성의 시각으로 새로 꾸민 것이다. 특히 「흑설공주」, 「못난이와 야수」, 「분홍요정 세 자매」, 「막내 인어공주」, 「하얀모자 소녀」, 「벌거벗은 여왕님」, 「질과 콩나무」, 「알라딘과 신기한 램프」 등에는 이야기 곳곳에 페미니즘의 상징과 메시지들이 녹아 있음을 발견하게 될 것이다.
 또 전래 동화의 언어와 형식으로 구성한 새로운 창작 동화도 있다. 이 이야기들은 익살스럽고 재미있으며 많은 메시지들을 전해 준다. 여기에 나오는 여성들은 외모를 무기 삼아 왕자님과의 결혼을 꿈꾸지는 않는다. 재기 발랄하고 긍정적이며 스스로 자신의 인생을 개척하는 멋진 여성들이 나온다. 이런 이야기들을 통하여 인생의 여러 가능성들을 꿈꾸는 것이 동화가 주는 진짜 매력이 아닐까. 우리 아이들에게 들려줄 새로운 이야기를 만들어내는 이유가 여기에 있다.

| 차 례 |

흑설공주　　9
못난이와 야수　　23
개구리 공주　　39
릴리와 로즈　　59
분홍요정 세 자매　　73
막내 인어공주　　89
하얀모자 소녀　　111
신데헬　　121
벌거벗은 여왕님　　135
질과 콩나무　　147
알라딘과 신기한 램프　　163
늑대 여인　　181
퀘스타 공주　　193
바비인형　　213

흑설공주

동화를 보면 계모는 주로 사악한 인물로 묘사된다.
못된 계모의 전형은 특히 「백설공주」에서 나타난다.
여기서 계모는 백설공주보다 얼굴이 덜 예뻤다는 것에 분노했다는 점,
두 번째는 마법을 쓸 줄 알았다는 점 때문에 악인으로 묘사된 것 같다.
여기서 우리는 백설공주의 계모를 악인으로 몰고 간 두 가지 의미를 유추할 수 있다.
남성의 성적 반응은 시각적 요소에 따라 상당히 좌우되기 때문에 여성의 미추는 남자들에게
더 큰 관심거리였을 것이다. 따라서 한 여성을 미의 등급을 매긴 잣대의 눈금 어딘가에
놓는 일은 아무래도 남성들의 아이디어인 듯싶다. 여성들 스스로는 서로 경쟁하지 않아도
수천 가지 다양한 유형의 아름다움을 찾아낼 수 있기 때문이다.
또 여성의 영적 능력의 마지막 보루인 마법은 중세 교회의 마녀사냥으로 그 위상이 추락했다.
(당시는 기독교 이전 시대 여사제들의 후예인 산파, 간병인, 약초를 재배하는 여성, 카운슬러,
마법사를 마녀로 취급했다.) 따라서 왕비가 마법까지 갖고 있다면 정치적 영향력에 영혼의 권위까지
갖춘 셈이므로 질투심 많은 남성들에게 분명 무시무시한 존재로 비쳐졌을 것이다.
그래서 이 이야기에서는 왕비를 보다 사실에 가까운 인물로 재조명했다.
그리고 항상 대결구도로 나타나는 두 여성의 이야기를 우정으로 바꾸었다.

■■■ 아주 먼 옛날 피부가 눈처럼 하얗고 머릿결은 칠흑같이 검은 흑설공주가 있었다.

흑설공주가 아주 어렸을 때 어머니가 돌아가셨다. 그녀의 아버지는 왕비가 죽은 지 얼마 지나지 않아 유명한 마법사와 재혼을 했다. 새 왕비 역시 매우 아름다웠는데 젊은 공주의 아름다움과는 또 다른 원숙미를 지니고 있었다.

사람들은 흑설공주가 나날이 매력적인 숙녀로 성장하는 모습을 흐뭇하게 지켜보며, 누가 과연 저 공주의 짝이 될까 하고 궁금해했다. 특히 임금의 신하인 헌터 경은 공주에게 특별한 관심을 보였다. 헌터 경은 야심에 찬 인물이었다. 그는 신분 상승의 꿈을 꾸고 있었으며 흑설공주의 아름다운 외모에 완전히 빠져 있었다. 공주와 결혼한다면 공주의 아름다움과 왕의 권력, 모든 것을 손에 쥐게 될 것이었다. 그는 어떤 수단과 방법을 동원해서라도 공주와 결혼하리라고 맘먹었다. 그는 왕궁의 정원에서 아름다운 꽃을 꺾어 공주에게 보내기도 했고, 형편없는 시들을 보내기도 했다. 헌터 경이 보낸 시는 성공을 갈망하는 내용이 대부분이었다. 왕궁에서 축제가 벌어질 때마다 헌터 경은 공주와 춤출 기회를 엿보며 그녀 주위를 맴돌았다.

그러나 흑설공주는 어떻게든 그를 피하려고 했다. 헌터 경은 늘 품위 있고 매너가 좋은 신사인 척 행동했지만 공주가 그의 속마음을 모를 리 없었다.

흑설공주는 그가 다가올 때마다 소름이 끼쳤다. 거대한 몸집의 헌터 경은 피부가 거칠었으며 머리카락은 기름기로 번들거렸다. 숨을 쉴 때마다 악취가 풍겼고 손은 더러웠다. 게다가 그의 말투는 매우 거칠기까지 해서 흑설공주는 그를 보는 것만으로도 불쾌해졌다.

그래서 "저렇게 소름끼치는 늙은 두꺼비와 결혼할 바엔 차라리 도망가고 말지."라며 하녀에게 속삭이곤 했다.

헌터 경은 공주와 결혼하기 위해서는 우선 왕비를 자기 편으로 만들 필요가 있다고 속으로 계산했다. 왕비의 비위를 맞추며 그 주위를 열심히 맴돈 덕분에 드디어 왕비의 신하로 임명되었다. 평소에도 왕비는 그를 관대하게 대해주었다. 그가 아첨하는 것을 은근히 즐기던 왕비는 그에 관한 무성한 소문들을 못 들은 척 눈감아주었다. 헌터 경은 왕비의 속내를 전혀 눈치채지 못하고 왕비를 자기 편이라고 믿었다.

어느 날 헌터 경은 정원에서 멀리 떨어진 곳에 혼자 있는 흑설공주를 발견했다. 그 순간을 놓칠세라 그는 얼른 모자를 벗어 정중하게 인사를 하고는 공주의 발 앞에 무릎을 꿇고 한 송이 장미꽃을 공주에게 내밀었다.

"사랑스러운 공주님!"

그가 자기 가슴에 손을 얹으며 말했다.

"부디 제 말을 들어주십시오. 오랫동안 공주님께 드리고 싶은 말이 있었습니다. 저는 공주님을 한 여인으로 사랑합니다. 당신은 나의 사랑이며, 내 마음의 여인입니다. 평생 공주님을 모시고 싶습니다. 저와 결혼해주십시오."

"결혼이라구요?"

흑설공주가 놀라서 소리쳤다.

"난 아직 결혼할 준비가 되어 있지 않아요. 그리고 나와 결혼할 남자는 결코 늙고 못생긴 사냥꾼 같은 사람이 아녜요. 틀림없이 멋진 왕자님일 거예요. 헌터 경, 당신 주제도 모르고 너무 높은 꿈을 갖고 있군요."

공주의 단호한 거절에 놀란 헌터 경은 갑자기 태도가 바뀌어 난폭해지더니 한 손으로는 공주의 치맛자락을 잡고 다른 한 손으로는 공주의 손을 낚아챘다.

"공주님께서 그렇게 말하면 안 되지."

그가 빈정거리며 말했다.

"나야말로 귀하신 몸이란 말이오. 세상물정 모르는 철없는 공주님, 오늘 뭔가 배워야 할 것 같군."

그의 무례한 행동에 화가 나고 놀란 흑설공주는 있는 힘을 다해 그에게서 벗어나려고 몸부림을 쳤다.

"어떻게 감히 이런 짓을. 당장 물러서요!"

그러나 헌터 경은 전혀 미동도 하지 않았다. 공주는 간신히 팔을 비틀어 빼내고는 손톱으로 헌터 경의 얼굴을 할퀴어버렸다. 그의 얼굴에서 피가 흐르기 시작했다.

완전히 이성을 잃어버린 그는 공주를 강제로라도 복종하게 만들

겠다는 생각으로 공주에게 달려들어 바닥에 쓰러뜨리고는 그녀의 옷을 거칠게 잡아당겼다. 흑설공주는 공포에 사로잡혀 소리치며 발버둥쳤다. 그녀는 주먹으로 있는 힘껏 그의 얼굴을 치고 사타구니를 발로 걷어찼다. 헌터 경은 고통으로 몸을 웅크린 채 숨을 헐떡거리면서 나뒹굴었다.

"다시는 내 근처에 얼씬도 하지 마세요, 알겠어요? 이 흉측한 괴물 같으니라구!"

그를 향해 침을 뱉으며 그녀가 외쳤다.

"당신을 증오하고 경멸하겠어요. 영원히."

경멸에 찬 말을 남기고 흑설공주는 떠나버렸다. 혼자 남겨진 헌터 경은 자신의 야심과 함께 모든 것이 철저하게 짓밟힌 느낌이었다. 공주에 대한 헌터 경의 욕망은 이제 적대감으로 바뀌었다. 그는 자신이 받은 모욕을 배로 갚아주리라 맘먹었다. 그것은 그녀를 다치게 하거나 심지어 죽음을 불러올 수도 있을 터였다. 그는 마음속으로 복수를 다짐하며 기회가 오기를 기다렸다.

어느 날 저녁 헌터 경은 거실에 홀로 있는 왕비를 발견했다. 그녀는 진실을 말해주는 요술거울과 대화를 나누고 있었다. 그는 왕비가 거울에게 몇 가지 질문을 하는 동안 조용히 앉아 있었다. 그리고 나서 왕비가 자기 쪽으로 돌아서자 말을 건넸다.

"왕비님은 이 나라에서 누가 가장 아름다운지 거울에게 물어보셨는지요?"

왕비가 온화한 미소를 지으며 말했다.

"거울이 뭐라고 말할지 난 이미 알고 있어요. 흑설공주가 가장 아름답지."

"화나지 않으십니까?"

"왜 그렇게 생각하나요?"

"이 나라에서는 당연히 왕비님이 가장 아름다우십니다. 그래서 시기심 많은 공주가 왕위를 빼앗아 그 자리에 오르려 하지 않습니까?"

그러자 왕비가 웃으면서 말했다.

"사람은 순리대로 살아야 해요, 헌터 경. 지혜로운 사람이라면 누구나 인정하는 진리입니다. 젊은이는 늙은이의 자리를 차지하게 되어 있는 법. 그게 당연하지요. 자식을 둔 어미라면 더욱 뼛속 깊이 느낍니다. 자연의 순리에 도전하는 것은 어리석은 일이죠."

"하지만 계모에게 전처의 자식들은 눈엣가시 같은 존재 아닙니까?"

"그건 남자들이 만들어낸 어리석은 편견에 불과합니다. 새엄마가 어째서 전처의 딸들을 미워해야 한단 말입니까? 왜 우리가 불필요한 싸움에 말려들어야 하죠? 어쨌든 난 흑설공주가 아주 좋아요. 명석하진 않아도 마음씨 고운 아가씨지. 내가 흑설공주를 구박할 이유가 어디 있느냔 말이오."

"왕비님, 이런 일을 사사롭게 처리하시면 안 됩니다."

헌터 경은 왕비의 말을 가로막았다. 공주에 대한 복수심으로 불타오르는 그의 귀에는 왕비의 말이 제대로 들어오지 않았다. 그는 왕비의 말이 쓸데없는 소리라고 믿고 있었다.

"이런 옛날 이야기가 있지 않습니까? 계모인 왕비가 자기 대신 충직한 심복을 공주에게 보냅니다. 사냥꾼 같은 사람들 말입니다. 그들의 임무는 전처의 소생을 죽인 뒤 그 심장을 보석함에 넣어 갖고 오는 것입니다."

왕비는 날카로운 눈빛으로 그를 쳐다보았다.

"경은 정말 미쳤군."

왕비는 낮은 목소리로 위엄을 갖춰 말했다.

"헌터 경, 너무 지나친 생각입니다. 그런 생각일랑 당장 머릿속에서 지워버리시오."

그렇게 말하면서도 왕비의 마음은 불안하기 짝이 없었다. 헌터 경의 표정에서 오싹한 한기를 느낀 왕비는 그가 모종의 음모를 꾸미고 있음을 눈치채고 흑설공주에게 곧 위험이 닥치리라는 것을 예감했다.

그날 밤 왕비는 창가에 앉아 주문을 외워 까마귀 한 마리를 불러냈다. 까마귀가 나타나자 그녀는 약초를 태우며 말했다.

"너는 지금 당장 난쟁이 나라로 날아가거라. 그리고 그곳 여왕에게 가장 날쌔고 재주가 뛰어난 자 일곱 명만 내게 보내달라고 전해다오."

왕비의 말이 끝나자마자 까마귀가 날아갔다.

사흘 후 왕궁을 몰래 빠져나오는 두 사람이 있었다. 가발을 쓰고 매부리코를 붙인 뒤 까만 망토를 입은 왕비와 그녀의 시녀였다. 두 사람은 난쟁이 나라에서 온 일곱 명의 사내들을 만나기 위해 마을 어귀의 여인숙으로 가고 있는 중이었다. 일곱 난쟁이들은 투박한 나무탁자에 둘러앉아 맥주를 통째로 마시고 있었다. 왕비는 망토 자락에서 가죽주머니를 꺼내 그들의 대장 앞에 내놓았다. 자루를 열자 사파이어, 루비, 에메랄드, 다이아몬드 등 온갖 보석들이 쏟아져 나왔다. 난쟁이들의 눈이 빛났다. 난쟁이들은 보석을 유난히 좋아했다.

"이런, 굉장하군!"

난쟁이 대장이 말했다.

"왕비님의 부탁은 무엇이든지 들어드리겠습니다."

"헌터 경을 감시해주게. 이게 그 사람 얼굴이오."

왕비가 헌터 경의 얼굴이 그려진 그림을 주며 말했다.

"그리고 흑설공주도 지켜봐주게. 하지만 절대로 모습을 들켜서는 안 되네. 여기 공주 얼굴도 있네. 혹시 공주가 성 밖으로 나가면 뒤를 따라가게. 만약 헌터 경이 공주에게 해를 입히려고 하거든 그자를 체포해 난쟁이 나라로 끌고 가서 평생 감옥에 가둬두게. 그대들의 여왕이 내게 신세진 게 있으니 그렇게 해줄 걸세."

"분부에 따르겠습니다."

난쟁이 대장이 맹세했다.

"그럼 약속한 거네. 지금 이 순간부터는 성안 사람 눈에 띄지 않게 조심하게."

왕비는 난쟁이 대장과 악수를 하고는 왕궁으로 돌아왔다.

그로부터 며칠 후 '차밍'이라는 이름의 젊고 잘생긴 이웃나라 왕자가 흑설공주에게 청혼을 하기 위해 오고 있다는 소식이 전해졌다. 그 소식을 듣고 모든 신하들이 기뻐했지만 헌터 경만은 일체의 활동을 그만두고 혼자 집 안에 틀어박혀 있었다. 친구들은 그가 몸이 야위어가고 말도 잘 하지 않고 웃지도 않는다고 수군거렸다.

헌터 경의 마음은 오로지 복수심에 사로잡혀 있었다. 시간이 갈수록 그는 더욱 난폭해졌다. 모욕을 당했던 그날 이후 흑설공주에게 말을 건 적은 없지만 그의 눈은 항상 공주를 날카롭게 주시하고 있었다. 심지어는 밤에도 몇 시간이고 공주의 처소 주위에 숨어 있을 정도였다.

차밍 왕자가 도착하기 하루 전날, 흑설공주는 애완견과 하녀를 데리고 숲으로 소풍을 나갔다. 헌터 경은 드디어 기회가 왔다고 회심의 미소를 지으며 몰래 이들을 따라갔다. 공주 일행이 숲 속의 아늑한 빈터에 자리를 잡았을 때 그는 무섭게 덤불에서 뛰쳐나와서 공주를 낚아챘다. 공주가 비명을 지르고 몸부림을 쳤지만 아랑곳하지 않고 공주를 마치 병아리처럼 꽁꽁 묶어버렸다. 팔짝팔짝 뛰며 짖어대는 강아지는 발로 걷어찼고 무서워서 얼어붙어 있는 하녀한테는 땅에 엎드리라고 명령했다.

"놔요!"

흑설공주가 비명을 질렀다.

"그만두지 못해요? 당장 성으로 달려가서 사람들에게 알려라. 어서!"

하지만 불쌍한 하녀는 너무나 오랫동안 복종하는 데 길들여져 있어서 그저 와들와들 떨면서 엎드려 있을 뿐이었다. 헌터 경은 그런 하녀까지도 꽁꽁 묶어버렸다.

그는 몸부림치는 공주를 향해 긴 사냥용 칼을 꺼내들고 다가갔다. 그의 두 눈에서 광기가 번뜩였다. 목숨을 잃을지도 모를 위기 앞에서 공주는 그만 의식을 잃고 말았다.

그때였다. 갑자기 일곱 명의 작은 사내들이 숲 속에서 나타나더니 순식간에 헌터 경의 칼을 빼앗고는 땅바닥에 엎드리게 했다. 여섯 난쟁이들이 헌터 경의 몸을 누르고 올라앉는 사이 나머지 한 난쟁이가 공주와 하녀를 풀어주었다. 이들은 공주와 하녀를 묶고 있던 밧줄로 헌터 경을 꽁꽁 묶었다. 난쟁이 대장이 모자를 벗고는 정신을 차린 흑설공주에게 정중하게 예의를 표했다.

"다시는 이자가 공주님을 귀찮게 하는 일이 없을 것입니다. 우리는 이자를 데리고 난쟁이 나라로 돌아가라는 명령을 받았습니다. 이자는 평생 감옥에 갇혀 살게 될 것입니다."

"아, 다행입니다. 제 목숨을 구해주셨는데 어떻게 보답해야 하나요?"

저항하는 헌터 경의 고함소리에는 아랑곳하지 않고 흑설공주가 말했다.

"저희들은 이미 왕비님께 보상을 받았습니다."

정직한 대장 난쟁이가 말했다.

"공주님께서 허락하신다면 저희는 이만 물러가겠습니다."

여섯 난쟁이들이 꽁꽁 묶은 헌터 경을 어깨에 짊어졌다. (난쟁이들은 비록 키는 작았지만 힘센 족속들이었다.) 그리고는 대장의 구령에 따라 난쟁이 나라의 행진곡을 부르며 씩씩하게 걸어갔다. 그제야 정신을 차린 하녀는 궁궐로 돌아가기 위하여 흩어진 소풍 도구들을 챙겼다. 흑설공주는 조심스럽게 강아지를 품에 안았다. 강아지는 가엾게도 갈비뼈가 부러져 신음하고 있었다.

다음날 예정대로 차밍 왕자가 도착했다. 그는 정말 이름처럼 매력이 넘치는 왕자였다. 두 사람은 첫눈에 서로 맘이 통했다. 이들은 곧 약혼했고, 일 년도 안 돼서 성대한 결혼식을 올렸다. 신부의 들러리는 왕비였다. 흑설공주는 자신의 목숨을 구해준 새엄마의 선견지명에 감복했고 그 은혜를 결코 잊지 않았다.

그 후 왕실의 젊은 부부와 늙은 부부는 오래오래 행복하게 살았다. 한편 헌터 경은 완전히 정신이 나간 채 평생 난쟁이들의 감옥에 갇혀 살았다. 그는 이따금씩 글을 쓰며 무료한 시간을 보냈다. 들리는 소문에 의하면 그는 왕비와 공주에 대해서 앙심을 품은 나머지 여러분들이 방금 읽은 내용과는 전혀 다른 이야기를 썼다고 한다.

# 못난이와 야수

「미녀와 야수」를 읽을 때마다 나는 여자 주인공이 덜 예쁘더라도 개성이 좀더 강했더라면 더욱 감명 깊을 것이라고 아쉬워했다. 그리고 야수가 잘생긴 왕자로 변한다는 대목에서는 잘생긴 왕자들이 흔히 그렇듯 남을 속이고, 이기적이며, 별로 호감이 가지 않는 사람으로 바뀌는 게 아닐까 염려했다.

소녀들에게 야수에 대한 공포 대신 짜릿한 사랑의 판타지를 심어주었던 이 변신 이야기 속에서도 전통적인 여성의 역할과 이미지를 발견할 수 있다. 즉 야수에게 사랑을 베풀어서 온전한 인간으로 변신시켜주는 미녀는 돌보고 양육하고 헌신적인 사랑을 베푸는 어머니이자 아내들일 것이다. 그러나 새 이야기에서는 동화 같은 사랑의 환상이 펼쳐지지 않는다. 마법의 기적은 변신을 불러오고 사랑의 환상을 실현시켜주겠지만 그것은 행복한 결말이 아닐 수도 있다. 야수와 못난이는 마법의 기적을 원하지 않는다. 서로의 있는 그대로의 모습을 사랑하는 것, 그것이 새 주인공들의 사랑법이고 해피엔딩에 이르는 길이었다.

■■■ 옛날 아주 오랜 옛날 일곱 아들과 일곱 딸을 둔 상인이 있었다. 모두 빼어난 미남 미녀들이었다. 그러나 막내딸만은 행운의 여신이 돌보지 않았는지 곱사등에다 다리가 구부러지고, 엄지발가락은 툭 튀어나왔으며, 몸은 뚱뚱한 데다 곰보였고 머릿결도 뻣뻣했다.

　하지만 마음씨만은 워낙 고와서 그녀는 결코 그런 자신의 불운을 원망하지 않았다. 사람들이 이상한 시선으로 쳐다보고선 저희끼리 수군거릴 때도 말없이 받아들일 뿐이었다. 비록 못생겼지만 너그럽고 따뜻한 마음씨 때문에 언니 오빠들은 막내동생을 진심으로 사랑했다. 그들은 그녀가 사람들의 조롱거리가 되지 않도록 방패가 되어주었다.

　아버지는 장사꾼으로 성공하여 부자가 되었지만 몇 차례 재난이 겹치면서 일 년 만에 거의 모든 재산을 잃어버렸다. 그의 물건을 실어나르던 두 척의 배가 폭풍을 만나 바닷속으로 가라앉아버렸고, 홍수로 강물이 범람하는 바람에 세 곳의 창고도 파손되어 버렸다. 게다가 얼마 후에는 화마까지 겹쳐 세간은 물론 회계장부까지 모두 타버려서 남은 것이라고는 식구들 옷가지 몇 벌이 고작이었다.

　겨우 목숨을 구한 그의 가족들은 남아 있는 유일한 재산인, 정원사가 기거하던 오두막으로 이사를 해야 했다. 이제 상인은 무일푼에서 다시 시작해야만 했다.

아이들은 아버지를 도와 일하면서도 언제나 실의에 빠져 있었다. 먹을 것이 떨어졌을 때는 더욱 비참한 생각에 빠져들었다. 오직 못난이 막내만이 역경 앞에서도 용기를 잃지 않았다. 그녀는 늘 명랑했다.

슬픔에 젖거나 처량한 생각에 빠져 있는 언니 오빠들을 위로하고 격려하는 것도 늘 막내의 몫이었다. 그녀는 언제나 옳은 것에 대해 말하고 매사를 낙관적으로 생각했다.

상인은 사업을 다시 일으키기 위해 먼 여행을 떠났다. 어느 겨울 저녁, 제법 돈을 모은 상인은 돈이 든 짐을 나귀에 싣고 집으로 돌아가고 있었다. 그런데 인적이 드문 한적한 길에 들어섰을 때 갑자기 눈보라가 휘몰아치기 시작했다. 서둘러 굽이쳐 흐르는 강가를 따라 가파른 절벽 밑을 지나는데 갑자기 커다란 돌덩이 하나가 상인 쪽으로 굴러떨어졌다. 그 바람에 짐을 실은 나귀가 낭떠러지로 떨어져 급류에 휩쓸려가고 말았다.

예기치 않은 사고에 상인은 여기저기 상처를 입었고, 게다가 길까지 잃어버렸다. 폭설이 몰아쳐 한치 앞도 보이지 않았고 눈이 길을 완전히 새하얗게 덮어버렸다. 몇 시간이나 눈 속을 헤매느라 지칠 대로 지친 그는 눈 위에 그냥 쓰러져 자고 싶을 뿐이었다.

하지만 그것은 곧 죽음을 뜻했다. 그는 쏟아지는 졸음을 쫓기 위해 안간힘을 쓰며 걷고 또 걸었다. 얼마나 시간이 흘렀을까. 갑자기 상인의 눈앞에 높다란 철대문이 나타났다.

더 이상 걸을 힘이 없었던 상인은 문의 쇠고리를 잡고 가쁜 숨을 몰아쉬었다. 그런데 그때 문이 저절로 열리더니 넓고 큰 길이 펼쳐졌다.

그곳은 눈이 그다지 많이 내린 것 같지 않았다. 상인은 그 길을 따라 멀리 희미하게 보이는 커다란 궁전을 향해 걸어갔다. 어느새 눈이 멈추었고 점점 따뜻한 기운이 몸을 감쌌다.

궁전의 정원에 이르렀을 때 그곳은 여러 가지 초록 식물과 과일나무, 꽃들이 만발하고 달콤한 향기가 가득했다. 어디선가 부드럽고 따사로운 산들바람이 불어와 마치 낙원 같았다.

마침 궁전의 문은 열려 있었다. 안으로 들어가자 넓은 홀이 나타났다. 화려하고 우아한 장식으로 덮여 있는 크리스털 샹들리에에 수천 개의 촛불이 켜져 있었다. 벽난로에서는 불이 활활 타오르고 있었다. 식탁 위에는 황금그릇마다 최고급 요리들이 가득 담겨 있고 훌륭한 포도주까지 마련되어 있었다.

그런데 아무리 둘러봐도 사람의 모습은 보이지 않았다. 상인은 주인이 올 때까지 마냥 기다릴 수가 없었다. 우선 기운을 차려야 했기 때문에 그는 식탁에 앉아 실컷 먹었다.

배불리 먹고 난 상인은 궁전의 다른 방들을 둘러보았다. 그곳에 있는 온갖 진귀한 물건들을 보면서 상인은 놀라지 않을 수 없었다. 가구들과 그림, 장식품들은 값을 따질 수 없을 만큼 귀한 것들이었고, 하나하나 진열해놓은 솜씨가 보통 섬세한 게 아니었다.

이토록 값진 보물들이 지키는 사람도 없이 방치되어 있다니, 상인은 놀라움을 금치 못했다. 시간이 지나도 여전히 궁전에는 사람의 그림자조차 보이지 않았고 인기척도 느껴지지 않았다.
　그는 어느 침실에 들어갔다. 커다란 침대에 파란색 우단이 덮여 있고 고운 살구색 이불이 들어오라고 손짓하듯 젖혀 있었다. 피로에 지친 상인은 잠깐 눈을 붙여야겠다는 생각으로 침대 속으로 들어갔다. 침대는 너무나 푹신하고 편안해서 눕자마자 잠이 들어버렸다. 그가 일어났을 때는 다음날 오후였다.
　눈을 뜨고 주위를 둘러보니 파란색 벨벳 목욕가운이 침대 발치에 그를 위해서인 듯 준비되어 있었다. 침실에 딸린 욕실에서 물소리가 들려왔다. 정사각형의 욕조에는 향기로운 물이 알맞은 온도로 가득 채워져 있었고 그 옆에는 향수비누와 두툼한 수건이 놓여 있었다. 그러나 여전히 사람의 모습은 보이지 않았다.
　상인이 목욕을 마치고 다시 침실로 돌아왔을 때 크리스털 화병에는 싱싱한 꽃이 꽂혀 있고 고풍스러운 레이스가 달린 식탁보 위에는 음식이 차려져 있었다. 보이지 않는 손에 의해 척척 이루어지는 이 신비롭고 완벽한 서비스가 불안하기도 했지만 그에게 제공되는 모든 것을 기꺼이 즐겼다.
　식사를 마친 후 그는 이 방 저 방을 기웃거리며 방 안의 보물들을 구경했다. 예술품이 진열되어 있는 홀에서 작은 꽃병 하나가 눈에 띄었다. 거기에는 순금으로 정교하게 조각된 일곱 송이 장미꽃이 꽂혀 있었다.
　"이런 물건이 하나만 있어도 다시 부자가 될 텐데. 일곱 송이 장미는 꼭 내 일곱 딸을 생각나게 하는군."

그는 이 마법의 궁전에서는 모든 걸 마음대로 할 수 있으니 보물 하나쯤은 가져도 될 거라고 생각했다. 꽃병에서 황금장미 한 송이를 뽑아 외투 안자락에 집어넣는 순간, 천둥 같은 소리가 들리더니 갑자기 무시무시한 괴물이 나타났다. 키는 이 미터가 훨씬 넘어 보였고, 야생 멧돼지 같은 코에 앞니는 튀어나오고, 움푹 들어간 작은 눈에 커다란 손과 손톱이 기다란 동물이었다.

겁에 질린 상인은 무릎을 꿇고 울부짖었다.

"용서해주십쇼, 야수님! 목숨만 살려주십쇼! 집에는 제가 먹여 살려야 할 자식들이 주렁주렁 달려 있습니다. 나리의 금을 가져갈 생각은 없었습니다. 보십쇼. 여기 있습니다. 도로 제자리에 돌려놓겠습니다."

"물론, 그랬겠지. 하지만 이미 꽃에 손을 댄 이상 엎질러진 물이다. 내가 베풀어준 환대를 너는 도둑질로 보답한 셈이군."

야수가 으르렁거리며 말했다.

"그러면 어떻게 해야 제가 보답할 수 있겠습니까?"

상인은 벌벌 떨며 물었다.

"이미 훔친 황금장미는 네 가족을 위해 가져가라. 그 대신 너는 네 딸 중 한 명을 내게 보내야 한다. 마법의 마차를 빌려줄 테니 그걸 타고 집으로 가라. 그리고 세 시간 안에 네 딸을 이리로 데려오너라. 나에겐 친구가 필요해. 명심해라. 세 시간이 지나기 전에 내 마차에 네 딸들 중 하나를 태워서 보내야 한다. 그렇게 하지 않으면 내가 네 집으로 내려가 가만두지 않겠다."

"네, 네, 야수님. 명심하겠습니다. 제 목숨을 걸고 약속하겠습니다."

"물론이지. 그렇게 하는 것이 신사답지 못한 네 행동을 조금이라도 씻어주는 것이다."

야수는 포효하듯 말을 하고는 천둥소리와 함께 다시 번쩍이는 번개 속으로 사라졌다.

상인은 밖으로 달려갔다. 거기에는 은으로 치장된 두 마리의 말이 끄는 마차가 기다리고 있었다. 마부의 자리에는 온몸을 검정색 천으로 휘감고 가면을 쓴 이상한 사람이 말고삐를 잡고 있었다. 상인이 마차에 오르기가 무섭게 마차는 엄청난 속력으로 달리기 시작했다. 마차에는 창문이 없어서 어디쯤 가고 있는지조차 알 수 없었다.

마침내 마차가 멈춰 문을 열어보니 어느새 자신의 오두막 앞이었다. 아이들이 모두 달려나와 아버지를 반겼다. 모두들 아버지의 말끔한 차림새와 그와 함께 온 검정 외투를 입은 마부, 근사한 두 마리의 말을 보고 놀랐다. 그리고 아버지가 들고 있는 아름다운 황금장미를 보고 탄성을 질렀다.

"우린 다시 부자가 된 거야!"

한 아이가 외쳤다.

"아버지, 돈을 많이 버셨나 봐요?"

이번에는 못난이가 물었다.

"얘들아, 우리가 다시 부자가 된 것은 사실이다. 하지만 그 대가가 너무 끔찍하구나."

마차가 밖에서 기다리고 있는 동안 그는 아이들에게 그 동안 벌어졌던 일을 들려주었다.

상인이 이야기를 마치자 못난이가 말했다.

"아버지, 누가 가야 하는지 고민하지 마세요. 제가 가겠어요."

못난이의 말을 들은 형제들은 모두 한 목소리로 반대했다. 그들은 못난이 동생을 진심으로 사랑했기 때문에 말리면서도, 누구도 자기가 가겠노라고 나서지는 못했다.

"제가 가야 해요. 어차피 난 남편도 얻지 못할 테고 집안에 아무런 보탬도 되지 않아요. 그리고 이건 우리 집이 다시 부자가 될 수 있는 정말 좋은 기회라구요."

항상 가족을 먼저 생각하며 자라온 그들에게 못난이의 말은 틀린 것은 아니었다.

"하지만 야수가 너를 가만히 놔두지 않을지도 몰라. 어쩌면 요리해서 먹어버릴지도 모르잖니?"

막내오빠가 어릴 적부터 들어온 야수 이야기를 떠올리며 울먹이는 목소리로 말했다.

"그렇다면 용감하게 싸워야죠. 자, 이제 짐을 싸겠어요."

말을 마친 못난이가 자리에서 일어섰다. 그녀가 짐을 싸는 동안 가족들은 모두 울음을 터트렸다. 그들은 못난이가 야수의 마차에 오를 때까지 흐느끼며 위로를 했다. 마지막으로 작별의 키스를 나눈 뒤 못난이는 마차에 올라탔다. 마차를 떠나보내면서도 상인은 제일 못생긴 딸을 보냈다고 야수가 보복을 하지는 않을까 은근히 걱정이 되었다.

궁전으로 가는 도중 내내 훌쩍거리던 못난이는 지금보다 더 못생겨 보이면 안 된다는 생각에 울음을 그치고 마음을 진정시켰다. 마침내 커다란 대문 앞에 이르렀을 때 마차가 멈추었다. 그녀는 쭈뼛거리며 육중한 문을 열었다. 집을 떠나올 때는 분명 한겨울이었는데 눈앞에는 따뜻한 한여름의 푸른 하늘이 펼쳐져 있었고 그 아래로 웅장하게 치솟은 궁전과 색색의 꽃들이 화려하게 물든 정원이 있었다.

그녀는 어디에선가 야수가 갑자기 나타나 자신을 단숨에 해치울 것 같은 두려운 마음에 주위를 둘러보았다. 궁전 안으로 들어가니 식탁 위에는 그녀를 위한 저녁식사가 준비되어 있었다. 주위는 쥐새끼 한 마리 눈에 띄지 않았다. 그녀는 식사를 하고 나서 궁전 안을 둘러보았다. 방들은 모두 훌륭하고 아름다웠지만 어디에도 사람이 살고 있는 흔적은 없었다.

몹시 피로해진 그녀는 하얀 비단이 드리워진 침실로 들어갔다. 초록색 우단이 깔린 상아침대에 눕자마자 그녀는 깊은 잠에 빠졌다.

그녀가 일어났을 때는 목욕 준비가 되어 있었고, 아름다운 새 옷이 가지런히 정돈되어 있었다. 식탁 위에는 어느새 아침식사가 차려져 있었다. 모든 것이 아버지가 말한 대로였다.

그녀는 창문을 열어 바깥경치를 내다보다 정원을 거닐기도 하고, 서재에서 책을 꺼내 읽기도 하며 하루를 보냈다. 그러면서도 언제 무시무시한 야수가 나타날지 몰라 그녀는 마음을 놓을 수가 없었다. 그런데 며칠이 지나도 아무 일이 일어나지 않았고, 서서히 긴장이 풀린 그녀는 하루를 즐겁게 지낼 수 있었다.

그렇게 일주일이 지났다. 야수는 이제 자신의 모습을 드러내기로 결심했다. 그녀가 정원을 산책하고 있을 때였다. 그녀는 붉은 벨벳 외투와 두건으로 몸과 얼굴을 가린 채 정원에 서 있는 야수와 맞닥뜨렸다. 그녀는 불안하면서도 호기심을 느끼며 숲 속의 야생동물에게 접근하듯 조심스럽게 다가갔다. 그녀가 다가오자 야수는 조용히 말했다.

"꼬마 아가씨, 내가 그 야수요. 무섭지 않아요?"

"조금."

못난이가 더듬거리며 대답했다.

"나도 당신 때문에 약간 놀랐어요. 당신은 결코 아름다운 아가씨는 아닌 것 같군요."

"그래요. 전 항상 못생겼다는 말을 들어왔어요. 그렇지만 저 때문에 화를 내지는 말아주세요. 집 안을 보니 미적 감각이 대단하신 분 같긴 하지만."

"아름다움이란 보는 이의 눈 속에 있는 것이오. 나와 함께 산책하지 않겠어요?"

야수는 아주 점잖고 신사다웠다. 못난이는 다소 마음이 놓였다. 그들은 함께 산책을 나갔다. 야수는 그녀에게 희귀식물들을 알려주기도 하고, 처음 보는 과일을 따서 먹어보라고 주기도 했다. 그

녀는 그의 무시무시한 얼굴을 똑바로 쳐다볼 수는 없었지만 그와 함께 있는 것이 즐거웠다.

해가 질 무렵, 야수는 그녀와 헤어지며 다음날 정원에서 다시 만나자고 말했다. 다음날 그는 두건과 외투를 모두 벗어버리고 나타났다. 그녀는 처음에 놀랐지만 시간이 갈수록 야수의 흉측한 생김새에도 익숙해졌다. 야수는 날마다 그녀와 즐거운 시간을 보냈고 어느새 그녀도 그와 만날 시간을 기다리게 되었다.

얼마 지나지 않아 두 사람은 식사도 함께 하고 책도 함께 읽을 정도가 되었다. 못난이는 점차 야수가 매력적인 친구라고 여기게 되었다. 어느 날 그녀는 용기를 내어 어쩌다 그토록 흉측한 외모를 갖게 되었는지 물어보았다.

"언젠가 물어보리라고 생각했어요."

야수가 한숨을 쉬며 말했다.

"당신도 알아야겠지. 당신은 혹시 내가 동화에서처럼 마법에 걸린 왕자라고 상상하진 않겠지. 당신이 진정으로 사랑한다면 원래 모습을 되찾을 수 있는 잘생긴 왕자라고 말이오. 하지만 그런 기적은 결코 일어나지 않을 거예요."

"저도 한때는 그렇게 생각한 적이 있었어요. 하지만 만일 당신이 잘생긴 왕자님으로 변한다면 더 이상 내 친구가 되어주지 않을 거라고 생각했죠. 저 역시 아름다운 공주님이 아니잖아요. 그러니 당신 곁에 있다는 것은 꿈도 꿀 수 없어요. 난 처음으로 당신과 나를 위해 내가 미녀였으면 하는 생각을 했어요."

"내게도 한때 아름다운 여인이 있었어요. 그녀는 내가 어느 날 잘생긴 왕자로 변해주길 기대했죠. 그래서 난 그녀를 기쁘게 해주기 위해 마법을 써서 그녀에게 환영을 만들어주었어요. 당신도 내 궁전에서 일어나는 신기한 일들을 보았겠지만 나는 유능한 마법사입니다. 하지만 언제까지나 마법을 쓸 수는 없었죠. 그래서 사실을 털어놓았고, 그녀는 떠나버렸어요. 내가 야수라는 사실을 깨닫고는 말입니다. 지금 이 모습이 나의 진짜 모습이에요."

"야수님. 난 정말 기뻐요."

못난이가 야수를 껴안으며 외쳤다.

"우리가 함께 있을 수만 있다면 난 내가 못생긴 것도 상관없고 당신의 모습도 상관없어요. 살아오면서 지금처럼 당신과 함께 있는 것만큼 행복했던 적이 없어요."

야수는 그녀의 말에 감동했다. 두 사람은 그 자리에서 결혼을 약속했다.

결혼식에 참석한 못난이의 식구들은 푸짐한 선물을 받았다. 못난이의 가족은 이제 더 이상 가난하지 않았다. 그녀의 아버지는 궁전에서 가져간 황금장미를 지혜롭게 투자해서 많은 돈을 벌었기 때문이다.

궁전은 하객들을 맞기 위해 문을 활짝 열었고 많은 사람들이 찾아와 신랑 신부를 축복하고 함께 잔치를 즐겼다. 못난이와 야수의 부부애는 먼 곳에까지 소문났다. 두 사람은 비록 못난 외모를 갖고 있었지만 잘난 외모가 주는 자기 도취나 오만함 따위에서 자유로

왔기 때문에 자신의 인생을 진정으로 즐길 수 있었다. 두 사람은 서로 존경하고 사랑하는 마음으로 오래도록 행복하게 살았다.

개구리 공주

변신 이야기는 현실에서 탈출하여 꿈꾸는 세계로 들어가려는 욕망의 실현으로서,
끊임없이 사람들의 상상력을 자극해왔다. 어렸을 때부터 나는 개구리를 무척 좋아했다.
개구리는 작은 인간의 모습을 하고 있으며 언제나 생기에 넘쳤고 아름다운 눈을 가지고 있었다.
또 물고기처럼 수중 호흡하는 올챙이 시기를 거치는 독특한 인생 주기는 언제 보아도 신기했다.
어른이 된 후에 나는 개구리가 미의 여신 비너스와 헤카테의 토템에 바치는 신성한 제물로
널리 이용되었다는 사실을 알게 되었다.
그런데 기독교 시대가 들어서면서 개구리는 마녀와 친한 동물로 등장하게 되었다.
내가 무엇보다 개구리를 페미니즘의 상징으로 여기는 이유는 암개구리가 대개 수컷보다
크고 힘도 세기 때문이다. 게다가 개구리는 가끔 자신의 성을 바꾸기도 하니,
정말 대단한 페미니스트의 자질을 갖추었다.
새 이야기에서는 개구리 왕자 대신 개구리 공주(사실 공주랄 것도 없는 평범한 아가씨다)를
등장시켜, 사랑의 욕망을 좇아 떠난 개구리 공주의 해피엔딩은 어떤 것인지 이야기를 꾸며보았다.

▪▪▪옛날 깊은 숲 속 어느 연못에 커다란 초록색 눈을 가진 예쁜 암개구리가 살고 있었다. 개구리는 언제나 생기가 넘쳐났다. 햇살이 따사로이 내리쬐는 숲 속을 쉴새없이 뛰어다녔고, 잠자리나 나비를 따라 시냇가에서 헤엄을 치기도 하고, 바위 위에 앉아 백합꽃이 피는 것을 지켜보기도 했다.

　언제부터인가 그녀의 연못으로 한 왕자가 찾아오기 시작했다. 왕자는 언제나 한적한 호숫가 언덕 위에서 낚싯대를 드리운 채 골치 아픈 나랏일들을 잊으려는 듯 휴식을 취하곤 했다.

　왕자의 낚시 솜씨는 그다지 훌륭하지 못해서 기껏해야 한두 마리의 물고기를 잡거나 하루 종일 아무것도 건져올리지 못할 때도 많았다. 하지만 왕자는 그날의 수확물에는 전혀 관심이 없었다. 자연과 어울려 사색하는 것이 그의 유일한 목적인 듯했다.

　왕자의 호수 나들이에는 항상 많은 신하와 시종들이 따라왔지만, 그가 낚싯대를 드리우고 생각에 잠겨 있는 동안은 멀찌감치 떨어져 있어야 했다.

　그러던 어느 날 초록색 개구리는 왕자가 낚싯대를 잡은 채 나무에 기대어 졸고 있는 것을 발견했다. 숨소리가 나직이 들렸다. 졸고 있는 왕자의 모습은 측은해 보였지만 얼핏 보기에도 아주 잘생긴 얼굴이었다.

　시간이 지날수록 개구리의 머릿속은 온통 왕자에 대한 생각으로 가득 찼다. 왕자가 올 날만 손꼽아 기다렸고 마침내 호숫가에 그의 모습이 나타나면 하루 종일 꼼짝도 하지 않고 왕자를 바라보았다.
"어떻게 해야 왕자님 가까이 다가갈 수 있을까? 그분은 왕자님이고 나는 볼품없는 개구리일 뿐이니 어떻게 하면 좋을까?"
왕자에게 다가가고픈 개구리의 열망은 날이 갈수록 커져갔다. 그녀는 공주와 결혼한 개구리 왕자 이야기를 떠올렸다. 동화 같은 그 이야기는 먼 조상대부터 전해져 내려왔고 어린 시절 그녀도 그 이야기를 들으며 자랐다. 그렇다면 개구리가 인간으로 변신하는 것이 그렇게 기적만은 아닐 거라는 생각이 들었다. 만약 요정이 도와주면 가능할지도 몰랐다.
요정은 몇십 리 떨어진 곳에 살고 있었다. 그곳은 아주 건조한 지역이어서 그만한 거리를 다녀오려면 탈수증의 위험을 감수해야만 했다. 개구리에게는 아주 심각한 문제가 아닐 수 없다. 그러나 왕자에 대한 사랑은 아무것도 막을 수 없었고 그녀는 요정을 찾아가기로 마음을 굳혔다.
비 오는 날 아침을 택해 그녀는 길을 떠났다. 비 덕분에 조금이라도 더 오래 몸의 수분을 유지할 수 있을 터였다. 그런데 불행하게도 비는 정오가 되기도 전에 그쳤고 숲 속의 습기도 점차 마르기 시작했다.
그녀는 몇 번이나 뛰는 것을 멈추고 축축한 이끼에 자신의 몸을 비벼댔다. 하지만 그 정도로 수분을 얻는다는 것은 역부족이었다. 조금씩 탈수 증세가 느껴지기 시작했다. 그녀는 양서류의 여신에게 개울이나 샘물, 그렇지 않으면 작은 물웅덩이라도 만날 수 있게 해달라고 기도하면서 길을 재촉했다.

점점 힘이 빠지고 고통이 찾아왔다. 정말 죽는구나 하는 생각이 들었을 때 그녀는 기도에 대한 응답을 받았다. 물이 가득 찬 물통 하나를 발견한 것이다. 말을 타고 지나가던 여행자가 떨어뜨린 것으로 보이는 물통은 코르크 마개로 닫혀져 있었지만 그 안에선 생수 냄새가 났다.

"이제야 살았구나. 저 마개를 벗겨낼 방법만 찾는다면 말야."

그녀는 있는 힘을 다해 물통 뚜껑을 벗기려고 노력했다. 하지만 연약한 물갈퀴로는 뚜껑을 제대로 잡을 수조차 없었다. 절망에 빠진 그녀는 햇볕이 쨍쨍 내리쬐는 건조한 허공을 원망하듯 올려보다가 단풍나무 가지에 걸터앉은 까마귀 한 마리를 발견했다.

"마음 착한 까마귀야, 제발 날 좀 도와다오. 난 지금 물이 몹시 필요하단다. 이 통 안에 물이 있기는 하지만 내 힘으로는 도저히 열 수가 없구나. 너의 그 날카로운 부리로 이 코르크 마개를 뽑아 주겠니?"

"내가 왜 그래야 하지? 네가 죽으면 내 아이들에게 줄 훌륭한 양식거리가 생기는데 말이야. 난 네가 살아 있는 것보다 죽어 있는 걸 보고 싶구나."

그녀는 더욱 절망에 빠졌다. 그런데 조금 더 높은 가지에 부엉이가 앉아 있는 것이 보였다.

"부엉마님, 제발 절 좀 도와주세요. 마님의 굽은 부리와 발톱으로 이 물통 좀 열어주세요."

그녀가 애절하게 간청했다. 그러나 부엉이도 관심 없다는 듯 깃털을 손질하면서 비아냥거렸다.
"이제 조금만 더 기다리면 죽겠구나. 내 먹음직스러운 개구리야."
"새들은 모두 먹을 것만 밝히는구나."
개구리는 혼자 중얼거렸다.
"안 되겠어. 초식동물을 찾아봐야지."
그러자 그녀의 기원에 응답이라도 하듯 뿔이 달린 얼룩무늬 사슴이 뒤에서 다가오고 있었다.
"고결하신 사슴님!"
그녀는 기쁜 목소리로 외쳤다.
"제발 도와주세요. 당신의 힘센 뿔로 이 물통의 마개를 뽑아주실 수 없나요?"
"좋아요."
사슴은 발굽으로 물통을 붙잡고 코르크 마개를 입으로 물어 뽑았다. 순간 물이 왈칵 쏟아지면서 작은 웅덩이가 생겼다.
개구리는 재빨리 웅덩이에 풍덩 뛰어들었다.
"고맙습니다. 정말 고맙습니다. 자비로우신 사슴님! 제 생명을 구해주신 은혜를 절대 잊지 않을게요."
"별것도 아닌데 뭘."
사슴은 대수롭지 않다는 듯 대꾸했다.
"제가 왕비가 되면 사슴 사냥을 영원히 금지하는 법을 만들겠어요. 약속합니다."

사슴은 빙긋이 미소를 지었다.

"그래, 내 머리에 둥근 뿔이 돋아 산양이 될 때쯤이면 그렇게 되겠지. 행운을 빌어요, 미래의 왕비님."

사슴은 뿔을 치켜세우며 숲 속으로 사라졌다.

기운을 되찾은 개구리는 요정의 집까지 무사히 도착했다. 요정의 집은 조개껍데기와 수정과 오색영롱한 깃털로 장식되어 있었다. 요정은 깨끗한 빗물을 받아 은빛으로 빛나는 머리를 감고 있는 중이었다.

개구리는 목욕통에 우아하게 앉아 있는 요정에게 찾아온 사연을 털어놓기 시작했다.

"넌 뭔가 잘못 생각하고 있구나."

마른 풀잎으로 만든 수건으로 머리를 말아올리며 요정이 대답했다.

"난 너무 늙었어. 그리고 이미 은퇴했는걸. 이젠 힘이 달려 요정들의 춤도 추지 못하고, 달빛 환영도 만들지 않는단다. 물론 마술 변신도 하지 않지. 그러니 내 여동생인 산의 요정 마야에게 가보는 게 어떻겠니?"

"전 더 이상 산을 오를 수가 없어요."

개구리가 슬픔에 찬 목소리로 대답했다.

"살아서 여기까지 온 것도 천만다행인걸요. 요정님이 절 도와주실 수 없다면 차라리 이 자리에서 죽는 게 나아요. 왕자님과 결혼할 수 없다면 전 절대 행복해질 수 없으니까요."

"그래, 아무도 널 비난하지 못할 거다. 넌 분명히 꿈이 큰 아가씨니까. 만일 내가 옛날 도구들을 꺼내서 아직도 내게 요술 능력이 남아 있다는 것이 입증되면 넌 내게 어떻게 보답하겠느냐?"

"제가 할 수 있는 것이라면 무엇이든지요!"

"좋아, 그럼 만약 네가 왕비가 된다면 세상에서 가장 큰 다이아몬드를 찾아 저기 돌제단 위에 바치겠다고 약속하거라. 아무리 늙은 요정이라도 보석에 대한 애정은 버릴 수 없거든."

"약속할게요."

개구리가 자신 있게 대답했다.

"그런데 개구리가 인간으로 변신하는 마법에는 반드시 필요한 조건이 있다. 무언지 알고 있느냐?"

"아뇨, 그게 뭔가요?"

"키스를 받아야 한다. 입술에다가 말이야. 그것도 개구리의 모습으로 말이다. 그렇지 않으면 인간으로 변신할 수 없어. 그리고 네가 다시 연못으로 돌아가면 그 마법은 풀리게 되지."

"그건 그때 가서 걱정할 일이구요."

개구리는 인간이 될 수 있다는 생각에 신이 나서 재촉했다.

"어서 마법을 보여주세요."

요정은 오랫동안 쓰지 않아 먼지가 뿌옇게 쌓인 마법책을 꺼내 여기저기를 뒤적이며 중얼거렸다. 그녀는 또 여러 가지 마법가루와 증류수를 함께 섞으며 주문을 외고는 그녀가 만든 마법의 묘약을 개구리의 온몸에 뿌렸다.

"이게 다예요? 아무런 차이도 못 느끼겠는데요."

"물론 그렇겠지. 마법의 효과는 입맞춤을 받는 순간에야 나타난단다. 입맞추지 않으면 아무 소용이 없지."

"어떻게 해서든 왕자님이 내게 키스하도록 해보겠어요. 정말 고맙습니다. 그리고 요정님과의 약속은 잊지 않고 꼭 지킬게요."

요정은 개구리가 돌아가는 동안 피부의 습기를 보존할 수 있는 마법도 걸어주었다.

연못으로 돌아온 개구리는 며칠 후 왕자가 낚싯대를 들고 다시 나타났을 때 대담하게 왕자 옆으로 바싹 다가갔다.

"오, 너로구나, 개구리야."

왕자가 반갑게 말했다.

"미끼가 되어주러 왔나 보구나?"

그 말에 깜짝 놀란 개구리가 움찔하며 몇 걸음 뒤로 물러섰다. 왕자는 개구리가 말을 알아듣는 것이 신기해서 소리내어 웃으며 다시 말했다.

"무서워하지 마, 꼬마야. 이렇게 영리한 생물을 미끼로 죽게 할 수는 없지."

왕자는 나지막이 콧노래를 부르며 호수 위로 고개를 돌렸다.

개구리는 조심스럽게 팔딱팔딱 뛰면서 조금씩 왕자에게 다가갔다. 개구리는 한 번만 더 뛰면 왕자의 무릎 위로 올라갈 수 있는 거리까지 다가갔다. 그러자 왕자가 개구리를 내려다보았다. 개구리는 보석처럼 빛나는 두 눈으로 왕자의 얼굴을 뚫어져라 쳐다보았다.

"넌 참 용감한 개구리구나. 널 한 번 만져봐도 될까?"

왕자가 손을 뻗으며 말했다.

개구리는 왕자가 자신의 머리를 만져볼 수 있도록 허락했다. 떨리는 마음을 진정시키려고 안간힘을 썼다. 아무리 왕자가 매력적으로 보인다 해도 인간이란 존재는 경계해야 하는 적이었기 때문이다.

왕자의 손길은 부드러웠다. 다소 안심이 된 개구리는 왕자에게 자신의 등을 만져볼 수 있도록 허락했다. 그리고는 대담하게 왕자의 허벅지 위로 뛰어올랐다. 왕자는 다시 한 번 소리내어 웃으며 말했다.

"내가 야생 개구리를 길들인 것 같구나. 이 세상에 이런 명령을 할 수 있는 통치자는 아마 없을 거다."

그 후 왕자가 호수에 올 때마다 개구리는 왕자의 무릎 위로 뛰어올라 낚시를 하는 왕자의 모습을 가까이에서 지켜보곤 했다. 왕자도 차츰 개구리가 기다려지기 시작했다.

만날 때마다 그들은 호숫가에 나란히 앉아 왕자는 이따금씩 입질하는 물고기를 낚고, 개구리는 날아드는 파리를 잡아먹곤 했다. 개구리는 자기의 변신이 하루빨리 이루어지기를 간절히 소망했다. 하지만 왕자는 좀처럼 입맞춤하지 않았다.

그러던 어느 나른한 여름날 오후였다. 낚시를 하던 왕자가 호숫

개구리 공주 49

가에서 잠깐 잠이 들었다. 낚싯대가 손에서 떨어지며 왕자의 상반신이 스르르 옆으로 기울어지더니 얼굴 한쪽이 이끼 낀 낮은 바위에 닿았다. 개구리는 이따금씩 왕자의 입술이 움직이는 것을 지켜보았다. 그녀는 재빨리 이끼 위로 뛰어올랐다. 그리고는 삐죽이 튀어나온 자신의 입술을 왕자의 입술에 닿을 듯 말 듯 아주 가까이 갖다댔다. 그 순간 왕자의 입술이 움직였고 마침내 입맞춤이 이루어졌다.

아주 이상야릇한 기분이 개구리를 휩싸기 시작했다. 그녀의 작은 몸통이 숨을 들이마실 때마다 마치 고무풍선처럼 크게 부풀어오르더니 점점 커지는 것이었다. 코가 점점 커지면서 입이 작아졌고, 앞다리가 길어지고 피부가 꺼칠해지면서 건조해지더니 아름다운 초록색 옷을 걸친 인간으로 변했다.

그녀의 온몸이 따뜻해졌다. 잇몸에서는 이빨이 돋아나고, 머리에는 부드러운 금발이 돋아났다. 눈 깜짝할 사이에 개구리는 완벽한 여자로 변한 것이었다. 단 하나 반짝이는 커다란 초록색 두 눈만은 그대로 남아 있었다.

그녀는 왕자가 잠에서 깨어날 때까지 조용히 기다렸다. 이윽고 잠에서 깨어난 왕자는 앞에 낯선 여자가 있는 것을 보고는 깜짝 놀랐다. 왕자는 도무지 믿어지지 않는다는 표정으로 그녀에게 물었다.

"누구시죠? 아름다운 아가씨. 어디서 오셨나요? 숲 속의 요정인가요?"

"제 이름은 라나예요."

개구리 처녀는 머릿속에 떠오르는 대로 대답했다.

"전 요정이 아니에요. 전 단지 왕자님의 말벗이 되고 싶어 왔답니다."

왕자는 그녀의 손에 입을 맞추었다. 그는 낚시하던 것도 잊어버린 채 처음 만난 라나와 반나절 동안이나 이야기를 나누었다. 당연한 일이지만 그녀는 자연에 대해 모르는 것이 없었다. 그녀는 숲에 사는 동물들이나 새, 곤충, 심지어 인간의 눈에는 잘 보이지 않는 작은 생물들은 물론, 어떤 어부들한테서도 결코 들어본 적이 없는 물고기의 습성, 해초, 가재, 달팽이, 물벼룩, 잠자리, 모기, 애벌레에 관한 이야기들을 들려주었다. 그녀는 물거미가 어떻게 기포를 품고 있는지, 박쥐들은 어떻게 먹이를 구하는지, 들오리들은 어떻게 헤엄을 치는지에 대해서도 자세히 알고 있었다.

왕자는 너무도 신기해서 왕궁으로 함께 가서 머물 것을 정중하게 청했다. 물론 라나는 기꺼이 수락했다.

개구리 처녀는 왕자를 따라나섰다. 그렇게 해서 개구리의 궁중 생활이 시작되었다. 아름다운 처녀로 변신한 개구리는 난생 처음 와보는 웅장한 성에 놀랐고, 날이 갈수록 복잡하고 까다로운 격식을 갖춰야 하는 왕실 예절에 위압감을 느꼈다. 왕은 나이 많은 홀아비로 기력이 날로 약해져서 왕자가 실질적인 왕권을 행사하고 있었다. 왕자는 처리해야 할 국사가 많았지만 자신의 아리따운 손님과 얘기를 나누느라 몇 날 며칠을 그녀 곁을 떠나지 않았다.

라나를 깊이 사랑하게 된 왕자는 어느 날 그녀에게 청혼을 했고 라나 역시 이를 흔쾌히 받아들였다.

그러나 왕자의 청혼은 왕실에 한바탕 소란을 몰고 왔다. 늙은 왕과 대신들은 출신 성분도 뚜렷하지 않고 가진 것도 없는 데다 궁중 예절도 전혀 모른다며 라나와의 결혼을 반대했다. 그들은 왕자가 별볼일 없는 무일푼의 낯선 여자에게 홀렸다고 쑥덕거렸고, 온갖 핑계와 구실을 들어가며 라나가 왕자비에 어울리지 않는다고 주장했다.

하지만 왕자는 이들의 충고를 무시해버렸다. 이미 사랑에 빠져버린 그에겐 어떤 말도 귀에 들어오지 않았다. 얼마 후 왕자는 라나가 임신했다는 사실을 알고 매우 기뻐했다. 아이가 태어나면 주위의 반대도 가라앉을 터였다.

마침내 왕자비가 된 라나는 너무나 행복했다. 하지만 궁중의 예의범절을 몰라 자주 실수를 저지르곤 했다. 그녀는 춤을 추는 데 서툴렀으며, 포크와 나이프를 제대로 사용하지 못했고, 방문한 귀족들의 작위도 제대로 부르지 못했다. 그들이 길고 지루한 연설을 하는 동안 입을 크게 벌리고 하품을 하는가 하면 귀족 가문의 숙녀들이 나누는 대화도 거의 이해하지 못했다.

특히 왕실에서 외빈 환영식이나 외교 행사가 열릴 때는 더욱 끔찍했다. 몇 시간이고 꼼짝하지 않고 서 있어야 했기 때문이다. 시녀들은 매일 아침저녁으로 옷을 입히고 벗겨주었고 숨도 못 쉬게 드레스를 꽉 죄었다. 머리는 장식을 달고 틀어올려서 흘러내리기라도 할까봐 늘 노심초사해야 했다. 뻣뻣한 소매에 한껏 부풀린 치마, 금실로 수를 놓고 보석까지 주렁주렁 달린 옷은 어찌나 무거운지 입기도 전에 숨이 막혀왔다. 자연에서 맘껏 뛰놀던 때와는 모든 것이 달랐다. 야생의 그녀에게 궁중 생활의 격식과 예절은 거추장스럽기 짝이 없었다.

그녀는 몇 시간이고 욕조 속에 누워 과거의 생활을 회상하곤 했다. 향수를 참을 수 없을 때는 몰래 정원으로 나가서 꼭 죄는 드레스를 벗어던지고 풀밭 위를 팔딱팔딱 뛰어다니며 에너지를 발산시키곤 했다. 그녀의 이런 행동은 때때로 사람들의 눈에 띄었다. 궁중 사람들이 수군거리기 시작했다. 어떤 사람들은 왕자비가 파리를 잡아먹는 것을 보았다고 말하기도 했다. 파리가 가까이 다가오면 그녀는 본능적으로 재빠르게 낚아채서는 자신의 입 속으로 쏙 집어넣곤 했던 것이다. 이 사건은 '부엌사건' 이라 불리며 걷잡을 수 없이 부풀려져 삽시간에 궁전 곳곳에 퍼져나갔다.

한번은 이런 일도 있었다. 라나가 수석 주방장과 정찬 메뉴를 의논하고 있을 때 바퀴벌레 한 마리가 바닥을 기어가고 있었다. 순간 그녀가 섬광처럼 빠른 속도로 바퀴벌레를 잡아 냉큼 삼켜버린 것이다. 그 후 시녀들조차도 그녀를 혐오스런 눈으로 바라보았다.

자신을 외면하는 분위기로부터 그녀가 도피할 수 있는 유일한 방법은 낮에 숲 속으로 나들이를 다녀오는 것이었다. 예전에 왕자가 그랬던 것처럼 그녀도 시종들을 남겨두고 혼자서 깊은 숲 속에 들어가곤 했다.

라나가 국정에 끼어들면서 그녀에 대한 평판은 더욱 나빠졌다. 그녀가 나라 영토 전역에서 사슴 사냥을 금지시킬 것을 주장하자 왕자는 오로지 그녀를 기쁘게 하기 위해 그녀의 말을 따랐다. 그로 인해 숲에 사는 많은 소작인들은 유일한 단백질 공급원을 잃게 되었다. 백성들 사이에 원성이 일기 시작했다.

또 한번은 왕관의 다이아몬드가 없어지는 사건이 일어났다. 왕실 소유의 다이아몬드는 국가 통화량의 상당 부분을 차지하고 있었으며, 그 아름다움은 세계적으로도 명성이 높았다. 그런데 그 중에서도 제일 큰 다이아몬드를 도둑 맞은 것이었다.

모두들 말은 하지 않았지만 라나의 짓이라는 것을 눈치챘다. 왕자는 어느 정도 시간이 흐른 뒤 그녀에게 훔친 다이아몬드를 어디다 쓸 것인지 조심스럽게 물었다.

"목걸이? 머리핀? 반지를 하기에는 너무 크고 무거울 텐데?"

"세팅할 생각은 전혀 없어요."

라나가 대답했다.

"그러면 왜 도로 갖다놓지 않소? 당신 보물함에서 왕관 다이아몬드를 굴러다니게 놔두는 것은 안전하지 않소."

"전 보물함이 없어요."

"그러면 다이아몬드는 어디에 있단 말이오?"

"다이아몬드는 제게 없어요."

"아니! 그러면 잃어버리기라도 했단 말이오?"

왕자가 처음으로 그녀에게 언성을 높였다.

"그것은 중요한 빚을 갚는 데 썼어요. 제 명예가 걸린 문제예요. 그러니 제발 더 이상 묻지 말아주세요."

왕자뿐만 아니라 늙은 왕과 대신들이 차례로 다이아몬드가 있는 곳을 말하라며 그녀를 괴롭혔다. 하지만 그녀는 끝까지 입을 열지 않았다. 왕자는 그녀에게 간청했다.

"라나, 당신은 절도죄로 감옥에 가게 될지도 모르오. 어쩌면 그보다 더 심각한 결과가 생길지도 모르겠소. 왕관에 박힌 보석을 훔치는 것은 큰 반역죄에 해당하오. 모르겠소? 당신은 처형당할 수도 있소. 그렇게 되면 나로서도 더 이상 당신을 구할 수 없게 된단 말이오."

그러나 그녀는 계속 침묵을 지킬 뿐이었다.

대신들은 그녀를 당장 투옥해야 한다고 요구하고 나섰다. 그렇지만 왕자는 그녀가 임신 중이라는 것을 내세우며 가택연금 정도로도 충분하다고 맞섰고 아이가 태어난 후에 정식 재판을 해도 늦지 않다고 설득했다.

"우리는 지금 왕위 계승자에 대해 얘기하고 있는 거요. 그애의 어미가 아무리 큰 범죄를 저질렀다고 해도 투옥만은 신중히 고려해야 마땅합니다."

왕자의 설득으로 라나는 왕실 안에 있는 자신의 처소에 연금되었다. 그 후로도 왕자는 라나를 찾아와 다이아몬드를 어떻게 했는지 솔직하게 말하고 목숨이라도 건지라고 눈물로 애원했다. 그토록 사랑하는 왕자가 슬퍼하는 모습을 보니 마음이 괴로웠지만 그녀는 여전히 아무 말도 하지 않았다. 대신들은 그녀가 아이를 낳는 즉시 재심문하겠다는 입장을 표명했다. 상심이 컸지만 왕자로서도 동의하지 않을 수 없었다. 그것은 누구도 어길 수 없는 국법이었다.

그런데 라나가 아이를 낳자 사태는 더욱 심각해졌다. 태어난 아이는 보기에도 끔찍한 기형아였다. 아가미가 달린 큰 머리통에, 다리 대신 넓적하고 펑퍼짐한 꼬리가 달려 있었던 것이다. 아기는 태어나자마자 육지로 나온 물고기처럼 펄떡거리더니 이내 죽고 말았다.

왕자는 더욱 상심에 쌓였다. 새로 태어난 왕자가 사람의 모습이 아닌 데다 사랑하는 아내가 죄인의 몸이 되어 공개처형을 당할 운명에 처해 있었기 때문이다.

슬픔으로 거의 넋을 잃어버린 듯 왕자는 라나 옆에 앉아 울기만 했다. 그를 위로하려는 그녀의 노력도 소용이 없었다.

"죽는 날까지 당신과 함께 살고 싶었소. 하지만 이제 우리는 영원히 헤어져야 할 것 같구려. 생각조차 하기 싫은 현실이오."

라나는 어차피 궁중 생활을 견딜 수 없을 것이라는 생각에 고개를 끄덕였다. 그녀는 남편을 사랑했지만 궁중은 도무지 적응할 수 없는 곳이었다. 한때 노력도 해봤지만 그녀의 몸에 흐르는 야생의 피를 어쩌지 못했다.

"그래요. 우리는 헤어져야 할 것 같군요. 서로 사랑하지만 함께 지낼 수 없는 사람들도 있나 봐요. 마지막으로 제 부탁 하나만 들어주시겠어요?"

"무엇이든지."
"우리가 처음 만났던 연못으로 절 데려다주세요."
"하지만 당신은 지금 가택연금 상태라오."
"알아요. 하지만 당신이라면 방법이 있을 거예요. 마지막 부탁이에요, 제발!"

왕자는 그녀의 마지막 부탁을 차마 거절할 수 없어 그러마고 승낙했다. 두 사람은 밤에 아무도 몰래 궁궐을 빠져나갔다.

왕자와 라나는 쉬지 않고 말을 달렸고 새벽에야 비로소 연못에 도착할 수 있었다. 두 사람은 숨을 헐떡거리며 말에서 내렸다. 말에서 내린 라나가 왕자에게 부드러운 입맞춤을 하며 말했다.

"이제 저를 잠시만 혼자 있게 해주세요."

왕자는 그녀가 도망갈지도 모른다고 생각했지만 기꺼이 그녀의 말에 따르기로 했다. 왕자는 그녀의 머릿결을 어루만지며 오랫동안 그녀의 눈동자를 쳐다본 뒤 말을 끌고 숲을 향해 걸었다.

그런데 갑자기 뒤에서 '풍덩' 하는 소리가 들렸다. 왕자가 황급히 몸을 돌려 돌아왔을 때 라나의 모습은 흔적도 없이 사라지고 연못 수면에는 파문이 일며 기포가 올라오고 있었다. 연못가에는 라나의 옷이 가지런히 놓여 있었다.

왕자는 절박한 심정으로 자신의 외투를 벗어던지고는 연못으로 뛰어들었다. 숨이 차오를 때까지 연못을 샅샅이 뒤졌지만 아무것도 발견할 수가 없었다. 결국 왕자는 그녀를 찾는 것을 포기할 수밖에 없었다. 그때 그는 백합꽃잎에서 자신을 물끄러미 바라보고 있는 초록색 작은 개구리를 보지 못했다.

왕자는 그녀가 스스로 목숨을 끊은 것이라고 생각했다. 세월이 흐르면서 왕자의 슬픔도 차츰 가라앉았고 몇 년 후 왕자는 부유한 나라의 공주와 재혼을 했다. 새 왕자비는 우아하고 교육을 잘 받아 누가 보아도 왕비로서 손색이 없는 품위와 자질을 겸비하고 있었다.

그 후 왕자는 새 왕자비와 오래오래 행복하게 살았다. 왕자는 나랏일과 새 식구들에게 정신을 쏟느라 더 이상 낚시를 즐기지 않았다. 개구리 공주는 비록 단 한 번도 왕자를 다시 만날 수 없었지만 예전처럼 숲 속 연못가에서의 삶을 즐기며 행복하게 살았다.

# 릴리와 로즈

동화에는 「백설공주」나 「붉은 장미」처럼 흰색과 붉은색을 의미하는 제목이 많이 나온다.
흰색은 기독교에서 성령의 상징이다. 여성에게는 동정녀의 이미지로 나타난다.
순결, 순수, 처녀의 이미지로 쓰인 것은 아마 기독교시대 이후가 아닐까 싶다.
반면 붉은색은 보다 태초의 색, 피의 색이다.
땅의 색이기도 한 붉은색은 생사의 지배자로, 주로 어머니를 상징한다.
이 동화에서는 모계 중심 사회나 여성이 통치하는 국가의 유익함을 보여주고 있다.
또 여성과 남성으로 이루어진 부부 관계에서 벗어나 여성끼리의 우정이 얼마든지 가능하다는
생각에 이야기를 꾸며보았다. 동화에는 으레 악당이 나타나게 마련인데 악당들은 주로 심장이나
영혼을 몸 밖에 두고 있다. 이러한 상상력은 사람의 몸에서 분리된 것들,
예를 들어 머리카락이나 침, 피, 손톱 같은 것들이 마법의 힘에 의해 사람을 해칠 수도 있다는
원시적인 믿음에 기초한다. 고대 문화에서는 태반이나 탯줄을 아기의 몸 밖에 존재하는
영혼이나 피를 가득 담고 있는 생명력으로 여겨 매우 조심스럽게 다루었고,
그것들을 처리할 경우에도 아기가 해를 당하지 않도록 경건한 마법의 의식을 치른 뒤 이루어졌다.
이러한 고대 신앙과 풍습이 전래 동화에도 많이 남아 있는데, 동화에 나오는 괴물들을 완전히
없애는 것은 그들이 몸 밖에 숨겨놓은 무엇인가를 파괴한 뒤에야 비로소 가능하다.

■■■아주 먼 옛날 깊은 숲 속에 나무꾼 아버지와 딸이 살고 있었다. 백합처럼 하얀 피부와 은빛의 머리카락을 가진 소녀를 사람들은 릴리라고 불렀다.

어머니는 릴리가 아주 어렸을 때 세상을 떠났다. 아버지는 어린 딸에게 나무를 베는 법과 나무를 쪼개고 손질하여 묶는 법 등을 가르쳤고 좀더 자랐을 때는 나무를 시장에 내다파는 요령을 알려주었다.

호되게 일을 배운 덕분인지 릴리는 자랄수록 더욱 강해졌다. 어른이 되자 그녀는 온종일 일해도 지치지 않고 무거운 도끼를 거뜬히 휘둘러 나무를 쪼갤 수 있었으며, 엄청난 양의 장작더미를 등에 지고 시장까지 나르기도 했다. 또한 그녀는 나무를 깎고 다듬는 재주가 뛰어나 솜씨 좋은 목공예가의 자질을 갖추고 있었다.

딱 두 가지 문제만 아니라면 그녀는 고되지만 평화로운 삶에 그럭저럭 만족하며 살아갈 수 있었다. 첫 번째는 아름다운 외모 때문에 생기는 곤혹스러운 일들이었다. 동네 악당들은 릴리가 시장에 가는 날이면 길에 숨어 있다가 덮치곤 했다. 그들은 릴리의 나무를 훔치고, 옷과 머리카락을 잡아당기고 넘어뜨리는 등 거칠고 유치한 행동으로 끊임없이 릴리를 괴롭혔다. 이런 행동은 대개 릴리의 관심을 끌기 위한 것이었지만 그녀를 화나게 할 뿐이었다. 어느 날 릴리는 너무 화가 난 나머지 참지 못하고 그들에게 맞서 싸운 적이 있었다. 한 무리의 녀석들이 덤볐고 그녀는 장작을 휘두르며 대항했다. 한 녀석은 이빨이 부러지고, 또 한 녀석은 코가 깨졌으며, 어떤 녀석은 팔이 부러졌다. 복부를 걷어차인 녀석은 내상을 입었을 정도였다. 이 일로 인해 그들은 릴리에게 악의를 품게 되었다.

또 한 가지 문제는 아버지에게 닥친 불행이었다. 어느 날 아버지는 나무를 베던 중 쓰러지는 나무에 오른쪽 팔이 깔려 더 이상 팔을 쓸 수 없게 되어버렸다. 그때부터 아버지는 일을 할 수가 없게 되었고 릴리 혼자 나무를 쪼개는 일뿐만 아니라 모든 일들을 해야만 했다. 좌절감과 고통을 이기지 못한 릴리의 아버지는 점점 술로 마음을 달래기 시작했다. 릴리가 어렵게 벌어온 몇 푼의 돈은 술을 마시는 데 다 써버렸다.

시간이 지날수록 아버지의 술버릇은 심해졌다. 술에 취하면 화를 냈고, 인사불성이 되거나 미친 듯이 발작을 일으키곤 했다. 일을 열심히 하지 않는다고 릴리를 구박하는가 하면, 릴리가 자신에게 마술을 건다고 떠들어댔다. 그러다가 여기저기 떠돌아다니며 며칠 동안 집에 들어오지 않을 때도 있었다.

깊어지는 슬픔과 고단한 일상으로 그녀의 마음은 괴롭고 초조해졌다. 날이 갈수록 그녀의 아름다움은 빛을 잃어갔다. 릴리는 자신이 불행하다고까지 여겼다. 종종 그녀는 현실에서 벗어나 다른 누군가로 변했으면 하고 상상했다.

그러던 어느 날 숲 속에서 나무를 하던 그녀는 시냇물에 왕가의 장식을 가득 단 군마 한 마리가 서 있는 것을 보았다. 말이 불안하게 이리저리 움직이는 모습이 심상치 않아 보였다. 냇물을 건너 가까이 가서 보니 한 기사가 말고삐를 잡은 채 쓰러져 있었다. 갑옷을 입고 있는 것으로 보아 전쟁터에서 부상을 당한 몸으로 냇물을 건너다 말에서 떨어진 것임에 틀림없었다. 그는 완전히 탈진해서 물이 허리까지밖에 안 차는데도 무거운 갑옷에 눌려 익사한 것이라고 릴리는 추측했다.

릴리는 먼저 말을 물 밖으로 끌고 나와 커다란 나무기둥에 묶어 놓은 뒤 기사를 물에서 끌어냈다. 하지만 그 다음에는 뭘 어떻게 해야 좋을지를 몰랐다. 그때 말이 히힝거리며 코로 릴리를 툭툭 쳤다. 릴리는 갑자기 그 소리가 자기에게 죽은 기사를 대신하라는 것처럼 들렸다. 릴리는 주저하지 않고 그 소리를 따르기로 결심했다.

릴리는 죽은 기사의 몸에서 칼과 옷을 챙긴 뒤 그를 원래 있던 자리에 되돌려놓았다. 기사의 주검이 시냇물을 따라 떠내려가기 시작했다. 바로 그 순간 그녀는 진짜 행운을 발견했다. 두둑한 지갑이 그의 허리띠에 묶여 있었던 것이다.

릴리는 자신의 옷을 시냇가에 벗어두고 기사의 갑옷으로 갈아 입었다. 갑옷은 그럭저럭 맞는 편이었다. 갑옷이 너무 무거운 데다 처음 타보는 말이라 커다란 돌을 딛고서야 올라탈 수 있었다. 그런데 신기하게도 말 위에 오르는 순간 릴리는 힘이 막 솟아나는 것을 느꼈다.

릴리가 말을 쓰다듬으며 말했다.

"이제부터 널 '행운'이라고 부르마."

릴리는 자세를 가다듬었다. 그녀는 등에 크고 무거운 남자용 도끼를 짊어지고 있었다. 말을 탄 그녀의 모습은 위용 있어 보였고 목소리는 힘이 넘쳤다.
"가자, 행운아!"
릴리가 탄 말은 힘차게 달려서 숲 속을 벗어났다.
처음에 릴리는 집으로 가서 당장 그 동안 벌어졌던 일을 아버지에게 말하려고 했다. 그러나 아버지는 행운이 가져다준 돈을 고작 술 마시는 데 다 써버릴 터였다. 어쩌면 사람들은 자신이 기사를 죽이고 돈을 훔쳤다고 오해를 할지도 몰랐다. 그렇게 되면 교수대로 보내질 것이 뻔하다고 생각했다. 그래서 릴리는 아버지가 일 년은 족히 먹고 살 만한 돈을 오두막 앞에 던져놓고는 멈추지 않고 말을 달렸다.
마을로 가는 길에 릴리는 전에 그녀를 괴롭혔던 청년들과 마주쳤다. 릴리는 가슴이 두근거렸다.
'저들이 날 고발할지도 몰라.'
그러나 그녀는 곧 자신이 갑옷으로 완전히 가려져 있다는 것을 깨달았다. 투구가 그녀의 얼굴을 감춰주고 있었으므로 그들이 릴리의 정체를 알 리 없었다. 릴리는 그들 앞으로 대담하게 나아갔다.
릴리가 가까이 다가가자 청년들이 일제히 릴리를 향해 머리를 조아리고 인사했다. 릴리는 투구 속에서 한편으로는 놀라면서도 빙그레 웃으며 그들 중 자기를 가장 괴롭혔던 녀석을 칼등으로 내리쳤다. 그러자 녀석은 진흙탕 속으로 넘어졌고 곧 허둥지둥 일어나 무릎을 꿇고 더듬거리며 말했다.

"나리, 황송합니다요, 나리."
릴리는 다시 한 번 웃으며 혼자 중얼거렸다.
"이제 난 시골뜨기 릴리가 아니라 존경받는 릴리 경이 된 거야. 비겁한 놈들! 신분에 따라 얼굴색을 바꾸다니."
그 순간 릴리는 끝까지 기사로 변장하여 살기로 작정했다.
릴리는 언덕 위에 천막을 치고 그곳에서 머무르며 무기 다루는 법을 연습했다. 머리를 짧게 잘랐고, 남자 목소리로 말하는 연습을 했으며, 나무로 백합을 조각해 투구 앞머리를 장식했다. 그녀는 모험을 찾아 떠날 준비를 모두 끝냈다고 생각했다.
길을 떠나고 며칠 뒤 릴리는 매우 적막한 성에 이르렀다. 이상하게 성을 지키는 기사도 한 명 없었고, 들판에도 사람 하나 보이지 않았다. 성문 밖에도 지나는 상인 하나 없었고, 새는커녕 깃발 하나 날지 않았다.
마침내 살아 있는 생명체를 발견했는데, 붉은 머리의 예쁜 아가씨였다. 그녀는 성문 옆에 놓인 철창에 갇혀 서러운 듯 흐느껴 울고 있었다.
"무슨 일이죠?"
릴리가 다가가 물었다.
"오, 기사님. 난 세상에서 가장 불행한 로즈 공주예요. 우리 부모님은 끔찍한 괴물 오거에게 인질로 잡히셨어요. 오거는 내가 자기의 청혼을 거절하자 부모님을 성에 가두어버렸고 나도 철창신세가 되었답니다. 아, 소름끼치도록 무섭고 잔인한 괴물! 그와 결혼하느니 차라리 죽어버리는 게 나아요. 그는 우리 아버지의 기사들과 하인들을 모두 죽였어요. 그 괴물과 싸워서 이길 수 있는 사람은 아무도 없어요. 오거는 불사신이거든요."

"불사신이라구요?"

"오거는 궁전 뜰에 거대한 마법의 나무를 키우고 있어요. 그 나무 꼭대기에는 상자가 하나 있는데, 바로 그 상자 속에 오거의 심장이 숨겨져 있죠. 그의 심장이 거기에 안전하게 있는 한 그를 죽여봤자 아무 소용이 없어요."

"다른 방법은 전혀 없나요?"

릴리는 약한 사람을 괴롭히는 자들을 특히 경멸했다.

"난 릴리 경입니다. 그리고 난 나무를 잘 다룰 줄 압니다. 혹시 성으로 들어가는 비밀 통로는 없습니까?"

로즈 공주는 성의 북쪽 벽에 지하감옥으로 연결된, 낡은 하수구가 있다고 가르쳐주었다.

"어렸을 때 거기에서 놀곤 했어요. 이렇게 갇히기 전까지도요. 하지만 당신같이 고귀한 기사님이 그런 낡고 작은 길로 성에 들어가시진 않겠죠. 그건 기사 신분으로 수치스러운 일일 테니까요."

"목적을 달성하는 데 수치스러울 것이 어디 있겠습니까?"

릴리는 어두워질 때까지 성의 북쪽 벽 주위를 어슬렁거리다 '행운'을 매어놓고 갑옷을 벗었다. 그리고는 칼과 도끼만 가지고 공주가 말한 낡은 하수구로 기어들어가 궁전 뜰로 나왔다. 거기엔 거대하고 시커먼 마법의 나무가 밤하늘을 향해 우뚝 서 있었다. 릴리는 나무를 향해 힘껏 도끼질을 해댔다. 얼마 뒤 마침내 나무가 비틀거리더니 엄청난 소리를 내며 쓰러졌다.

그 소리에 놀라 잠에서 깬 오거가 양손에 횃불을 들고 으르렁거리며 성 밖으로 나왔다. 공주의 말처럼 오거의 모습은 과연 끔찍했다. 덩치는 보통 사람의 두 배나 되고, 이마 한가운데 외눈이 박혀 있었으며, 입 밖으로 송곳니가 길게 튀어나와 있었다.

그는 릴리를 보자 당장이라도 죽일 듯이 달려들었다. 그러나 릴리는 솜씨 좋게 그를 피하며 쓰러진 나무 꼭대기 쪽으로 잽싸게 몸을 움직였다. 릴리는 나뭇가지 사이에 끼여 있는 상자를 찾아내서는 그것을 도끼로 힘껏 내리쳤다. 그러자 상자가 깨지며 거칠게 뛰고 있는 오거의 심장이 밖으로 튀어나왔다. 바로 그 순간 릴리는 재빨리 정확하게 단도를 그 심장에 꽂았다. 그때 막 릴리를 붙잡으려던 오거가 얼굴을 땅에 처박고 쓰러졌다.

릴리는 죽은 괴물의 허리띠에서 열쇠 꾸러미를 꺼내 로즈 공주를 철창에서 꺼내주었다. 로즈 공주는 감금에서 풀려나자 릴리를 껴안고 입을 맞추었다.

"당신은 내 생명의 은인입니다. 용감한 릴리 경."

로즈 공주가 기쁨에 넘치는 목소리로 외쳤다.

"성으로 들어가요. 우리 부모님도 분명 당신을 좋아하실 거예요. 당신을 위해 성대한 파티도 열어주실 거구요."

왕과 왕비도 감옥에서 풀려나 딸을 만났고 그들은 함께 기쁨의 눈물을 흘렸다. 왕은 곧 오거의 시체와 쓰러진 마법의 나무를 멀리

치우게 한 후 축제를 준비했다. 오거의 손에 신하들을 모두 잃었기 때문에 필요한 시종들은 이웃나라의 사람들을 고용했다. 오랫동안 오거의 횡포에 숨조차 제대로 쉴 수 없었던 백성들은 너나없이 환호성을 질렀고 축하 파티를 준비하는 데 소매를 걷고 나섰다. 침묵에 싸였던 성이 오랜 잠에서 깨어난 듯 다시 북적거리기 시작했다.

왕과 왕비는 릴리에게 파티에서 입을 새 벨벳 망토를 준비했다. 로즈 공주는 그 망토에 손수 황금백합 수를 놓았다. 왕은 연회석상에서 일어나 "아직 턱수염도 나지 않은 젊은이가"라는 말을 시작으로 릴리를 왕국에서 가장 용감한 기사라고 치켜세웠다. 그러면서 왕가의 전통에 따라 릴리에게 왕국의 절반을 주고 공주와 결혼시키겠노라고 선언했다.

그 말에 너무 놀란 릴리는 먹고 있던 거위 고기가 그만 목에 걸리는 바람에 포도주를 거푸 마셔대야 했다.

"나의 멋진 기사님은 그만한 품위를 갖추고 있죠."

로즈 공주가 릴리에게 부드럽게 입맞춤하며 말했다.

뜻밖의 일을 당한 릴리는 어찌할 바를 몰랐다. 릴리는 간신히 자리에서 일어나 왕에게 정중하게 감사의 뜻을 표한 다음 로즈 공주에게 몸을 기울여 속삭였다.

"긴히 할 이야기가 있어요."

두 사람만 있게 되자 릴리는 자신이 여자라는 사실과 가짜 기사로 위장하게 된 사연을 털어놓았다. 로즈 공주는 잠시 할말을 잃은 듯 가만히 있더니 갑자기 깔깔대며 웃기 시작했다. 멈출 줄 모르는 그녀의 웃음에 전염이라도 된 듯 릴리도 참지 못하고 웃음을 터뜨렸다.
"이제껏 내가 들은 이야기들 중 제일 재미있는 이야기예요."
로즈는 너무 웃어 눈물까지 글썽이며 말을 이었다.
"그토록 훌륭한 기사들이 모두 실패한 것을 나무꾼 아가씨가 해내다니. 릴리, 어쨌든 난 당신을 사랑해요. 우리 결혼해요. 지금 우리 왕국은 현명하고 능력 있는 통치자가 필요해요. 우리가 바로 그 왕과 왕비가 되는 거예요. 난 당신의 비밀을 지킬 수 있어요. 당신도 비밀을 지켜요."
"난 사람들을 영원히 속일 자신이 없어요."
릴리가 망설이며 대답했다.
"말도 안 돼요! 당신은 모험을 좋아하잖아요. 그렇지 않다면 처음부터 그런 일을 벌이지도 않았을 거예요. 자, 불안해하지 말아요. 우린 잘해낼 수 있어요. 두고 보세요."
릴리는 결국 공주의 말을 따르기로 했다. 그녀는 로즈 공주와 호화로운 결혼식을 올리고는 그 나라에 정착했다. 사람들은 그들이 매우 행복해 보인다고들 말했다. 문이 닫히고 둘만 남겨질 때면 그들은 어김없이 크게 웃어댔기 때문이다.
릴리와 로즈가 나라를 다스리자 백성들은 그들을 진심으로 존경하고 사랑했다. 릴리 왕은 종종 그의 훌륭한 말 '행운'을 타고 다니며 백성들을 만나 그들의 문제를 듣고 시정했으며, 로즈 왕비는 가난한 사람들에게 자비를 베푸는 등 선한 업적을 많이 쌓아 백성들로부터 크게 칭송받았다.

단 하나 사람들이 이상하게 여긴 것이 있었는데, 그것은 릴리와 로즈의 성적 취향이었다. 그들은 왕비가 따로 애인을 두었다고 말했고, 릴리 왕이 역사에 기록된 몇몇 왕들처럼 남자 애인을 두었다고 수군댔다. 그러나 정작 왕의 애인들은 어느 누구도 왕의 사생활에 대해 어떤 뒷말도 남기지 않았다. 결국 그것은 백성들에게 영원한 수수께끼로 남았다.

가끔 사람들이 그렇게 고개를 갸웃거리는 것을 빼고는 그들은 훌륭한 통치자로서 백성들의 사랑을 받았고, 왕과 왕비 역시 자신들의 뒤를 이를 두 아이를 키우며 행복하게 살았다.

한편 깊은 숲 속에 있는 늙고 병든 나무꾼의 집 앞에는 누가 갖다놓는지 모를 작은 돈지갑이 한 달에 한 번씩 놓이곤 했다. 그러나 나무꾼은 그 돈으로 술만 마시다가 결국 죽고 말았다.

분홍요정 세 자매

동화 「아기돼지 삼 형제」는 본래 아기자기한 이야기다. 그래서 새 이야기에서도 아기자기한 맛을
그대로 살렸다. 그리고 정원 깊숙한 곳에 요정들이 산다는 이야기는 유명한 탐정소설가의 일화에서
힌트를 얻은 것이다. 어떤 사람이 코난 도일을 골려주려고 책에서 오려낸 요정 그림을 그의
정원 깊숙한 곳 덤불 위에 올려놓고 사진을 찍었는데, 이 사진을 본 코난 도일은 사진에 찍힌
요정들이 진짜 자연의 정령들이라고 믿고 신이 나서 글을 썼다고 한다.
새 이야기에 나오는 악당(정원사)은 분홍색을 유난히 싫어해서 요정들을 괴롭히는 것으로 나온다.
그가 분홍색을 싫어하는 이유는 단 한 가지, 여성적이기 때문이다.
여자아이는 분홍색 옷을 입고 남자아이는 파랑색 옷을 입어야 한다는 고정관념처럼
분홍색이 언제부터 여성적인 색깔로 인식되었는지는 뚜렷하게 알려져 있지 않지만,
흰색과 빨강색으로 각각 상징되는 동정녀와 성모 마리아의 결합과 관련되어 있지 않을까 생각한다.
그런데 최근 들어 일부 남성들이 분홍색을 즐겨 입고 있다는 사실은 매우 흥미로운 일이 아닐 수 없다.

■■■어느 왕국의 정원에는 아주 오랜 옛날부터 아기요정 세 자매가 살고 있었다. 요정들은 사람과 똑같은 모습을 하고 있었다. 다른 게 있다면, 그들이 아주 작다는 것과 정원에 핀 꽃들 사이를 옮겨다니기 쉽게 날개가 달려 있다는 것이다. 그들의 몸은 너무나 작아서 사람들 눈에는 거의 띄지 않았다. 가끔 요정들은 사람들 앞에 나비처럼 팔랑거리면서 나타났다가는 곧 달아나버리곤 하는데, 어쩌다 이 광경을 보는 사람들은 그저 나비를 보았거나, 뭔가 앞이 어른거렸다고 여기는 것이었다.

셀, 펄, 캔디라는 이름을 가진 이 요정들은 분홍색 머리카락을 가지고 있어서 아기 분홍요정 세 자매라고도 불렸다. 그들은 정원에 꽃이 피어날 때면 고운 분홍색을 칠하느라 분주해졌다. 셀은 장밋빛 분홍색을 곱게 물들였고, 펄은 흰색에 가까울 정도의 아주 여린 분홍색을 칠했으며, 막내 캔디는 산딸기처럼 짙은 분홍색을 칠했다.

이들 세 자매는 분홍색이 어느 꽃들에게나 가장 잘 어울리는 색이라고 믿었다. 하지만 불행하게도 여왕의 수석 정원사인 플로리안 울프의 생각은 이들과 달랐다. 그는 분홍색은 '계집애나 좋아함 직한 색상'이라며 아주 질색을 했다. 그뿐만 아니라 자기를 고용한 여왕을 빼고는 여성적인 것이라면 뭐든지 싫어했다. 정원사는 여왕이 꽃들이 색색으로 물든 정원을 좋아했기 때문에 빨강, 노랑, 보라 계통의 색을 칠하는 요정에겐 별다른 말을 하지 않았지만 분홍색만큼은 참을 수 없는지 세 자매 요정을 늘 못살게 굴었다.

어느 날 정원사는 아기 분홍요정들이 장미꽃 사이로 분주히 돌아다니는 것을 보고 버럭 화를 내며 소리 질렀다.

"너희들 세 마리! 내 말 잘 들어. 너희가 물들인 꽃은 모두 꺾어버리겠다. 내가 하양, 빨강, 노랑색만 칠하라고 명령했지! 지금 당장 다른 색깔로 바꾸든지 아니면 여기서 썩 꺼져버려!"

"흥! 당신은 결코 우리를 내쫓지 못할걸요!"

캔디가 당당한 목소리로 대들었다.

"우린 이 정원에서 삼백 년도 넘게 살았어요. 이곳은 우리 고향이자 집이란 말이에요. 당신이 기저귀를 차고 있을 때도 우리는 꽃을 분홍색으로 물들이는 일을 했어요. 당신이 뭔데 그런 소리를 하는 건가요?"

"난 여왕폐하께서 임명하신 이 정원의 관리 책임자란 말이야!"

정원사가 으르렁거리며 말했다.

"앞으로 이 정원은 내 뜻과 한치의 오차도 없이 가꾸어질 것이다. 너희들이 반항해봤자 아무 소용없어. 두고보라구."

그는 요정들을 손사래를 치며 물리치고는 꽃밭으로 들어갔다. 그리고는 분홍색 계통의 장미를 뿌리째 뽑아내 꽃잎을 발로 짓이겼다.

아기요정 세 자매는 그의 행동에 커다란 공포를 느꼈다. 잠시 후 요정들은 기지를 발휘해 행동에 옮기기 시작했다. 그들은 장미덤불 속에서 가시를 뽑아 들고는 그의 얼굴을 향해 있는 힘을 다해

돌진했다. 그가 한 요정을 밀쳐내면 다른 요정이 달려드는 방법으로 번갈아 공격을 가했다.

마침내 정원사 플로리안이 여기저기 긁힌 상처에서 피를 흘리며 슬슬 뒷걸음질쳤다. 안전지대인 온실 문 앞에 이르자 분통이 터지는지 고래고래 소리를 지르고 주먹을 휘두르며 펄펄 뛰었다.

"너희들 모두 내일 아침해가 뜨기 전에 이 정원에서 나가!"

그가 소리쳤다.

"만약 그때까지 한 놈이라도 남아 있거나 분홍장미 한 송이라도 눈에 띄는 날에는 너희들의 날개를 뽑아 돼지먹이로 던져버리겠어."

그 말에 요정들이 겁에 질려 벌벌 떨었다.

"정말 사나운 놈이야."

펄이 속삭였다.

"꽃들이 어떻게 저 작자를 참아내는지 모르겠어."

셀이 말했다.

"어떡하지? 우린 이제 정원을 날아다닐 수 없을 거야."

막내 캔디도 한마디 거들고 나섰다.

"무슨 방법을 찾아보자."

요정들은 머리를 맞대고 지금까지 벌어진 상황을 두고 진지하게 의논했다.

"요정의 여왕님이나 정원의 주인이신 여왕님께 도움을 청하는 게 어떨까?"

셀이 먼저 말했다.
"그건 둘 다 안 돼."
캔디가 반대했다.
"우리 문제니까 우리 힘으로 해결해야 돼. 먼저 집부터 옮기는 게 좋겠어. 그자는 우리가 어디다 그물 침대를 걸어놓고 사는지 알고 있거든. 안전한 장소로 옮겨서 새 집을 짓자."
"좋은 생각이야."
펄이 기쁜 듯 손뼉을 치며 외쳤다.
"난 항상 집을 지어보는 게 꿈이었어."
"자, 그러면 모두 흩어져서 각자 새로운 집을 짓도록 하자."
셀이 제안했다.
"그리고 나서 밤에 큰 참나무 옆에서 만나자."
"또 한 가지 할 일이 있어. 정원에 있는 꽃들을 모두 분홍색으로 칠해버리자. 그자에게 본때를 보여주자구."
캔디가 말했다.
요정들은 자신들이 벌일 짓궂은 장난을 생각하며 키득거렸다. 잠시 후 그들은 각자 새 집을 짓기 위해 서로 다른 방향으로 흩어졌다. 펄은 꾀꼬리를 찾아갔다. 꾀꼬리의 기와집이 세상에서 최고라고 생각했기 때문이었다. 펄은 꾀꼬리에게 집을 짓는 방법에 대해 이것저것 자문을 구했다. 요정이 부탁을 해오자 꾀꼬리는 한껏 의기양양해져서 고개를 위아래로 끄덕이며 말을 꺼냈다.
"건축자재라면 역시 지푸라기가 최고지. 여왕님의 마구간에 가면 얼마든지 구할 수 있어."

펄은 즉시 마구간으로 날아갔다. 그때 마구간에는 플로리안의 애완용 쥐 레이서가 작은 요정의 움직임을 지켜보고 있었다. 그러나 아무것도 모르는 펄은 연분홍색 꽃봉오리가 맺힌 커다란 산딸기나무 가지 아래쪽에 부지런히 집을 짓기 시작했다.

평소에도 남의 사생활에 대해서 꼬치꼬치 캐묻길 좋아하고 엿듣길 잘하는 레이서는 자기 주인과 분홍요정들 사이에 일어났던 일을 이미 알고 있었다. 레이서는 몸을 숨기고 몰래 펄의 뒤를 따라가 그녀가 지푸라기로 무엇을 하는지 지켜보았다.

펄은 콧노래까지 부르며 지푸라기를 엮어 집을 짓고는 마음이 뿌듯해져서 쳐다보았다. 그 집은 지금까지 본 어떤 집보다 더 아름다워 보였다. 이제 마지막 한 가지만 마무리하면 집이 완성된다는 생각에 그녀의 마음은 몹시 들떴다. 그것은 집을 온통 분홍색으로 칠하는 것이었다.

한편 셸은 친구 비버를 찾아가 집짓는 일에 대해 상의했다.

"집 짓는 데는 나뭇가지가 최고야. 나뭇가지로 지은 집은 다른 부스러기들이 사이사이에 끼어 방수처리가 그만이지."

셸은 친구의 말대로 나뭇가지를 이용해 분홍장미 덩굴 속에다 집을 지었다. 장미 덩굴 속이라면 가시들이 자신을 보호해주리라 생각했다. 그녀 역시 분홍색으로 집을 칠했다. 분홍색 집은 그 위에 핀 장미와도 잘 어울렸다.

한편 캔디는 진흙 말벌을 찾아가 상담을 했다. 항상 진흙으로 집을 짓는 말벌은 집 짓는 법을 친절하게 가르쳐주었다.

"진흙으로 구운 벽돌만이 진짜 튼튼한 집을 지을 수 있지. 진흙이 굳으면 아무리 폭우가 쏟아져도 무너지지 않거든. 명심할 것은 반드시 벽돌이 서로 엇갈리게 담을 쌓아야 한다는 거야."

캔디는 작은 손에 물집이 생길 정도로 열심히 일을 해 말벌들의 집 옆에다 자신의 집을 완성시켰다. 그곳은 정원사가 눈부신 분홍꽃이 싫다며 잘라낸 진달래 덤불 밑단이었다.

각자의 집을 다 지은 세 요정은 한밤중에 만나서 서로의 집을 방문했다. 분홍색으로 칠한 펄의 지푸라기 집과 나뭇가지로 지은 셀의 집은 캔디의 집보다 더 근사해 보였다. 캔디는 약간 의기소침해졌다. 자기 집만 분홍색이 아니었기 때문이다. 그녀는 벽돌을 쌓아 올리는 일이 너무 힘들고 시간이 많이 걸렸기 때문에 색칠하지 못했다고 설명했다. 그렇긴 해도 그녀의 집은 다른 집보다 훨씬 튼튼해 보였다.

"이제 진짜 일을 하러 가자."

펄이 말했다.

아기 분홍요정 세 자매는 꽃을 색칠하는 다른 요정들을 찾아가 자신들이 처한 상황을 설명했다. 그러자 그들도 이미 들어서 알고 있다며 도와주겠다고 나섰다.

세 요정은 다른 요정들의 도움을 받아 해가 뜨기 전에 정원에 있는 꽃들을 하나도 빠뜨리지 않고 분홍색으로 칠했다. 심지어는 풀잎까지도 분홍색 이파리로 만들어버렸다.

아침에 정원사가 일어났을 때 정원은 온통 분홍색이었다. 그것을 본 정원사의 얼굴이 그 어떤 분홍색보다 더 붉어지더니 참을 수 없다는 듯 문을 박차고 나갔다. 문을 어찌나 세게 닫았는지 문고리가 떨어져 나갈 정도였다.

"저 쪼그만 분홍 버러지들을 없애버리고 말겠어."

그는 씩씩거리며 요정들이 살았던 동굴을 향해 달려갔다. 그때 정원 주위를 거닐며 산책하던 여왕이 정원사를 불렀다. 정원사는 여왕 앞에 무릎을 꿇고 절했다. 그러자 여왕이 말했다.

"오, 플로리안, 굉장한 아이디어야. 정원을 온통 분홍색으로 바꾸어놓을 생각을 하다니. 재미있군. 안 그런가?"

"예, 폐하."

플로리안이 공손하게 대답하면서도 주먹을 불끈 쥐었다.

"마음에 들어, 플로리안. 당분간 이대로 두게. 좀더 감상하고 싶군."

"예, 폐하."

"다음달에는 자주색으로 바꿀 수도 있겠지? 자주색은 왕실을 상징하는 색이니까 말이야."

"최선을 다해보겠습니다. 폐하."

"좋아, 플로리안. 물러가도 좋아."

여왕은 말을 마치고는 발걸음을 옮겼다. 정원사는 끓어오르는 분노를 참느라 한동안 무릎을 꿇고 앉은 채 몸을 부르르 떨었다.

"이 버르장머리 없는 요정들! 가만두지 않겠어. 감히 내 명령을 어기다니, 어디 따끔한 맛을 보여주마."
 그가 한달음에 요정들의 동굴로 달려갔을 때 그곳에는 이미 아무도 없었다.
 "어디로 간 거지?"
 그가 주위를 둘러보며 중얼거렸다.
 그때 레이서가 그의 앞에 나타나 지푸라기 엮는 시늉을 했다. 처음엔 영문을 몰라 어리둥절하던 정원사는 한참 후 그 의미를 깨달았다.
 "가자."
 플로리안이 명령했다.
 레이서를 따라가면서 그는 자신이 동물의 말을 알아들었다는 것에 뿌듯해했다. 레이서는 그를 지푸라기로 만든 펄의 집으로 안내했다. 분홍색이 산딸기나무 사이로 영롱하게 새어나오고 있었다.
 "이리 나와, 이 맹랑한 꼬맹이 분홍 앵무새야. 위대한 울프님께서 네가 돼지먹이가 될 때가 됐다는 말씀을 하려고 오셨다."
 "당신은 날 밖으로 나오게 할 수 없을걸."
 펄이 안에서 도전적으로 외쳤다.
 "이건 내 집이란 말이야."
 "오, 그래? 그럼 내가 이 엉성한 집을 어떻게 날려보내는지 잘 보아라."
 정원사는 숨을 한 번 크게 들이마시더니 집을 향해 세게 불었다. 그러자 지푸라기들이 하나둘씩 펄럭이며 떨어져 나가더니 금세 벽

분홍요정 세 자매

에 구멍이 생겼다. 펄은 겁에 질린 채 구석에 웅크리고 앉았다. 이윽고 지붕까지 순식간에 날아가버렸다. 너무 놀란 나머지 꼼짝도 못하고 있던 펄은 가까스로 정신을 차려 플로리안의 손아귀를 벗어났다.

펄은 있는 힘을 다해 셸의 집으로 달아났다. 그러나 레이서가 재빠르게 그녀 뒤를 쫓아가 장미 덤불 속에 있는 나뭇가지로 만든 집을 찾아냈다.

그는 펄이 문을 두드리고 안으로 들어가는 것을 보았고 두 요정이 단단한 막대기로 입구를 막는 소리도 들었다. 레이서는 곧바로 주인에게 달려가 요정이 있는 곳을 알려주었다.

레이서를 따라 나뭇가지로 만든 집 앞에 선 플로리안이 다시 소리쳤다.

"나와, 이 요정들아! 너희들을 돼지먹이로 만들어주겠다! 내 발로 이 작고 지저분한 잡동사니 집을 산산조각내 버릴 테다!"

"어디 한번 해보시지, 이 악당!"

셸이 자신 있게 대꾸했다.

플로리안은 정말 집을 짓밟을 태세를 취했다. 하지만 이번에는 가시 돋친 장미 줄기들이 빽빽이 자라 있어서 쉽게 다가갈 수 없었다.

"바람으로 너희 집을 한번에 날려버리겠다."

그는 숨을 크게 들이마신 뒤 눈이 튀어나오고 두 뺨이 시클라멘처럼 분홍색이 될 때까지 바람을 세게 불었다. 그러자 순식간에 집이 산산조각나 버리고 겁에 질려 서로 꼭 부둥켜안고 있는 두 요정의 모습이 드러났다.
"빨리 캔디네 집으로 가자."
셀이 말했다. 두 요정은 재빨리 날아올라 막 자신들을 낚아채려는 정원사의 손아귀에서 벗어났다. 그러나 이번에도 레이서가 요정들의 뒤를 밟아 캔디네 집 위치를 알아내고는 플로리안에게 알려주었다.
정원사가 캔디의 벽돌집에 도착하자 진흙 말벌들이 붕붕거리며 집 주위를 에워쌌다. 플로리안은 요정의 집을 향해 선뜻 손을 뻗지 못했다. 그는 진흙 말벌 침에 알레르기를 일으키는 만성적 골칫거리를 갖고 있었기 때문이다. 그는 이런 약점을 감추고 진흙 말벌들에게 대범하게 보이려고 과장된 몸짓을 했다. 그리고는 자신만만하게 세 요정들을 협박하며 항복하라고 다그쳤다.
"우리가 미쳤니? 이 나쁜 악당아."
캔디가 외쳤다.
"너는 절대로 우리가 원하지 않는 일을 강요할 수 없어. 여긴 우리 정원이야. 네 것이 아니란 말이야. 너는 요정들이 없으면 아무 일도 할 수 없어. 이 멍청아."
플로리안은 요정의 말에 화가 머리끝까지 치밀었다.
"너희들을 몽땅 내 손으로 잡아버리겠어! 아무리 말벌들이 막고 있어도 내가 숨 한 번만 크게 내쉬면 너희 집은 날아가고 말걸!"
그는 다시 숨을 가득 들이켜고는 허리케인만큼이나 강한 바람을 내뱉었다. 말벌들이 바람에 날려 그들의 진흙 담장에 부딪쳤다. 하지만 그가 아무리 숨을 크게 불어대도 벽돌집은 끄떡하지 않았다. 뜻대로 되지 않자 그는 더욱 화가 치밀었다. 그러나 플로리안은 자신이 말벌들을 점점 화나게 하고 있다는 사실을 알아차리지 못했다.

마침내 참다못한 말벌들이 서로 공격신호를 보냈다. 정원사의 입에서 뿜어져 나오는 세찬 바람을 피해 날아간 말벌들은 그의 얼굴, 팔, 손, 다리, 어깨, 몸통, 목 등을 사정없이 공격했다. 삽시간에 그는 독기를 품고 붕붕대는 말벌들에게 휩싸였고, 마구 질러대던 분노의 고함은 어느새 비명소리로 변해버렸다.

플로리안은 몸부림을 치며 땅바닥을 데굴데굴 굴렀다. 몇 마리가 그의 손에 잡혀 죽었지만 말벌들은 포기하지 않고 더욱 대항했다. 이윽고 정원사는 몸을 잔뜩 웅크린 채 훌쩍거리기 시작했다.

말벌들은 그제야 공격을 멈추었다. 아기요정 세 자매가 벽돌집에서 나와 고맙다며 손을 흔들자 말벌들은 날개를 퍼덕여 화답하고는 각자 자기들 집으로 돌아갔다.

정원사는 간신히 정원 한가운데 있는 그늘 의자까지 몸을 끌고 갔다. 벌에 쏘인 그의 몸은 소시지처럼 퉁퉁 불어 온통 분홍색이 되었다. 그는 여왕의 주치의한테 치료를 받고서야 겨우 목숨을 건질 수 있었다. 그러나 그는 다시 한 번 말벌의 침에 쏘이면 생명이 위험하다는 의사의 충고 때문에 정원사 일을 포기해야 했다. 그는 할 수 없이 자신의 견습생이던 청년에게 정원사 자리를 물려주고 씨앗 카탈로그를 만드는 회사에 취직해 실내 근무를 했다.

새 정원사는 요정들과 어울리는 법을 잘 알고 있었다. 그가 부임하고 나서 왕궁 정원은 전보다 더 알록달록한 꽃들로 만발했다. 물론 분홍색 꽃들도 얼마든지 볼 수 있었다.

그 후 아기 분홍요정 세 자매는 캔디의 집을 분홍색으로 칠하고 그 집에서 함께 살았다. 꽃과 정원을 무척 사랑하는 정원사 덕분에 할 일이 늘어나 더욱 바빠졌지만 그들은 항상 즐겁고 행복했다. 그리고 분홍요정 세 자매는 여전히 꽃에는 역시 분홍색이 가장 잘 어울린다고 믿었다.

지금도 정원에는 수많은 아기요정들이 살고 있어 자고 나면 꽃들이 아름다운 색깔로 물들어 피어난다고 전해진다.

막내 인어공주

예나 지금이나 안데르센의 「인어공주」는 많은 사람들로부터 사랑받는 이야기이다.
그 슬픈 이야기를 사람들은 잊을 수 없었는지 지금도 코펜하겐의 한 부두 바위에는
어느 조각가가 만든 인어공주가 앉아 있다.
어렸을 때 나는 사랑 때문에 고통을 겪는 인어공주를 좋아할 수가 없었다.
단지 사랑 때문에 자신을 그토록 희생해야 할까? 하는 반발심이 일었다.
그러면서 나는 어느 한 쪽이 희생하는 사랑이 아니라 좀더 가치 있는 평등한 사랑에 대해 생각했다.
그리고 우리 아이들에게는 그런 사랑 이야기를 들려주어야 한다는 결론에 이르렀다.
상처를 주는 사랑은 인어공주의 비극을 재연할 뿐이다.
사랑을 위해 고통을 인내하는 아름다운 공주가 나오는 이야기는 남자들의 절대적인 지지와
환영 속에 전해졌을지도 모른다. 그렇지만 인어공주가 고통 속에 빠져 있는 동안 인어공주가
사랑한 왕자는 무엇을 견디어냈는가. 그는 단지 자유를 택했을 뿐이다.
이러한 이유로 새로 쓴 이야기에서는 좀더 자상하고 동정심이 많은 왕자를 등장시켜
그녀의 고통을 덜어주었다. 새 이야기에는 또 다른 공주가 등장하는데, 그들은 온실 속의 꽃처럼
안락한 삶을 누리는 대신 스스로 선택할 수 있는 기회를 박탈당한 그런 공주들과는 다르다.

■■■ 저 깊은 심연의 바닷속 왕궁에 작고 귀여운 인어공주가 있었다. 자매들 중 막내인 인어공주는 아직 어렸지만 어부들이 던지는 그물도 빠져나갈 만큼 빠르고 민첩했다. 그녀는 날카롭고 작은 산호조각으로 그물을 찢어 돌고래나 거북이, 물고기 등을 그물에서 풀어주곤 했다. 어부들은 다 잡은 고기들을 모두 놓쳤을 뿐만 아니라 그물도 못 쓰게 된 것을 알고 바다에 대고 온갖 저주와 욕을 퍼부었다. 인어공주는 어부들의 투덜거림에 아랑곳하지 않고 꼬리를 한 번 탁 치고는 유유히 사라져버리곤 했다.

막내 인어공주는 바다의 왕인 아버지의 산호성에서 살고 있었다. 공주의 아버지는 왕비가 포경선의 작살에 맞아 죽은 뒤 몇 년째 홀아비로 지내고 있었다. 왕비가 죽고 나자 그는 육지의 모든 인간과 그들이 탄 배를 멀리했다.

왕은 딸들이 어부들을 향해 노래하는 것을 금지시켰고, 물 밖으로 올라온 바위에 앉아 머리를 빗는 일도 못하게 했으며, 절대로 뱃길 근처에서 놀면 안 된다고 다짐을 주었다.

그런데도 막내 인어공주는 종종 아버지의 명령을 무시한 채 어부들에게 장난치는 것을 좋아했다. 배 가까이 헤엄쳐 다가가 자신의 모습을 보여주기도 했고, 달도 없는 어두운 밤이면 작지만 감미로운 목소리를 파도 사이로 흘려 보내기도 했다. 닻의 끈을 자르고 해초로 키를 엉키게 하는 장난을 즐겨하는가 하면, 어떤 때는 수영을 하는 선원의 바로 밑까지 다가가 겁도 없이 그의 짧은 바지를 확 잡아당기기도 했다.

그녀는 또 돌고래나 바다표범들과 장난치는 것을 좋아했다. 그들 역시 인어공주를 좋아해서 그녀가 찾아오면 언제든지 재주넘기나 술래잡기를 하며 놀아주었다. 바다의 왕은 그런 막내딸의 행동이 경망스럽다고 생각했다. 인어공주의 친구들에 대해서도 '그깟 물고기들'이라고 코웃음을 치며 못마땅해했다. 심할 때는 딸더러 아무짝에도 쓸모 없는 인어가 될 거라는 말까지 했다.

아버지는 막내 인어공주를 보며 혀를 차면서도 그냥 둘 수밖에 없었다. 반면 언니들은 진주꿰기나 산호를 조각하는 유용한 기술을 보여주며 동생의 관심을 돌려보려고 애썼다. 하지만 인어공주는 가만히 앉아서 하는 일은 딱 질색이었다.

폭풍우가 몰아치던 어느 날 밤이었다. 파도타기를 즐기던 막내 인어공주는 한 척의 난파선을 발견했다. 돛대가 부러지고 돛이 찢어진 그 배는 한쪽으로 기울어진 채 바다 위를 이리저리 표류하고 있었다. 뱃전을 때리며 솟구치는 파도로 배는 거의 침몰할 지경이었다. 배 위의 선원들은 파도에 휩쓸리지 않으려고 안간힘을 쓰고 있었지만 소용없는 일이었다.

막내 인어공주는 배 가까이 다가가서 보았다. 배는 점점 기울어지고 있었다. 그때 파도 속에서 무엇인가 떠오르며 그녀에게 부딪혔다. 몸을 돌려보니 젊은 남자였다. 그는 지금까지 그녀가 보아왔던 인간 중에 가장 잘생긴 남자였다. 그러나 그는 의식을 잃었는지 다시 물속으로 가라앉고 있었다. 그녀는 재빨리 그를 붙잡았다.

그녀는 자꾸만 물에 가라앉는 그의 무거운 몸을 끌고 가까운 해안가를 향해 헤엄쳐 갔다. 새벽녘이 되어서야 겨우 그를 해안에 올려놓을 수 있었다. 인어공주는 너무 지쳐서 쓰러지듯 물속으로 빠져 들어갔다. 천천히 집을 향해 헤엄쳐 가는 동안 수영을 너무 오래 한 탓인지 꼬리가 쿡쿡 쑤셔왔고, 자꾸만 그 젊은 남자의 얼굴이 떠올라 머릿속이 어지러웠다.

몇 주 후 막내 인어공주는 그를 다시 볼 수 있었다. 그는 화려하게 치장한 뱃머리에 서 있었는데, 배 위에는 왕가의 문양이 새겨진 깃발이 휘날리고 있었다. 그는 건강하게 살아 있었다. 화려한 옷을 입고 있는 그의 모습은 너무나 아름다워 보여서 막내 인어공주의 가슴은 몹시 두근거렸다. 왕자의 이름이라도 알고 싶은 안타까운 심정으로 인어공주는 몇 시간이고 배에 매달려 있었다. 마침내 그의 이름이 아쿠암이라는 것을 알아냈고, 어떡해서든 그와 결혼을 하리라고 마음먹었다. 그와 함께 살 수 없다면 결코 행복해질 수 없을 것 같았다.

막내 인어공주의 선언을 들은 왕은 매우 분노해서 고함을 질렀다.

"멍청한 것! 육지에 사는 것들은 사귀어봤자 좋을 게 하나도 없다고 그렇게 말하지 않았느냐! 공주야, 네가 만약 멸치만큼만 생각이 있어도 인어들은 땅 위에서 걸어다니는 족속과 결혼할 수 없다는 것을 알 게다. 넌 평생을 메마른 땅 위에 배를 깔고 다니며 살 작정이냐?"

"저도 발을 가질 수 있을 거예요. 바다 마녀는 인어를 사람으로 만들 수 있다고 하던데요?"

"그런 헛소문을 믿다니! 공주야, 이제 그런 유치한 것들은 잊어버리고 철 좀 들어라. 바다 마녀는 위험한 존재야. 절대로 그곳 근처엔 가지도 마라."

그러나 아버지의 충고도 더 이상 귀에 들어오지 않았다. 그녀는 바다 가장 깊은 곳에 살고 있다는 바다 마녀를 만나기로 작정했다. 한 쌍의 전등고기를 고용해 길을 밝히게 하고 아무도 모르게 심해로 헤엄쳐 내려갔다. 수압 때문에 갈수록 귀가 윙윙거렸다. 인어공주가 가까스로 도착했을 때 바다 마녀는 해저 화산에서 나오는 뜨거운 가스를 이용해 커다란 가마솥에 저녁을 짓고 있었다.

바다 마녀는 몸집이 거대하고 주름살이 많으며, 푸르스름한 피부에 뾰족한 왕관을 쓰고 있었다.

"무슨 일로 날 찾아왔지?"

마녀가 사뭇 위협적인 긴 이빨을 딱딱거리며 물었다.

"땅 위의 인간들처럼 나도 두 다리를 갖고 싶어요."

막내 인어공주가 기어들어가는 듯한 소리로 대답했다.

인어공주는 마녀의 모습에 겁이 났다. 인간의 살과 뼈를 먹는다는 바다 마녀들과 바다뱀의 이야기까지 머릿속에 떠올랐다.

"그래! 옛날 네 할머니의 할머니의 할머니 이모뻘 되는 공주도 너랑 똑같은 걸 요구했었지. 그녀는 땅 위의 어떤 남자에 대해 이상할 정도로 집착해 있었어. 인간을 사랑해봤자 좋을 거 하나 없다고 그렇게도 충고했건만, 쯧쯧 결국은 내 말이 맞았지. 그런데 넌

막내 인어공주

이유가 뭐지?"

"……."

"알겠다. 너도 그런 바보 같은 생각 때문에 여기까지 온 게로구나. 넌 지금 네가 사랑에 빠졌다고 생각하고 있지? 도대체 땅 위의 걸어다니는 것들이 무슨 매력이 있는지 정말 모르겠단 말야. 인간들처럼 다리를 갖고 싶다구? 물론 난 네가 절름발이 오리가 되고 싶다면 그렇게 해줄 수 있고, 돼지가 되고 싶다면 돼지로 만들어줄 수도 있어. 뭐든지 말이야. 그런데 거기엔 대가가 따르지."

"그게 뭔데요?"

"엄청난 고통을 겪게 될 거야. 새로 얻은 발을 내디딜 때마다 칼 위를 걷는 듯한 고통, 그것이 네가 선택한 대가지."

"상관없어요. 난 아쿠암의 왕비가 되고 싶어요. 그와 결혼만 하면 비단 커튼이 쳐진 황금가마를 타고 다닐 텐데요, 뭘."

"좋아."

마녀가 한숨을 쉬며 말했다.

"이건 분명히 네가 선택한 거야. 동굴 안으로 들어오렴."

막내 인어공주는 며칠에 걸친 마법 수술을 받았다. 수술에는 말할 수 없는 고통이 뒤따랐다. 그러나 그녀는 이를 악물고 고통을 참아냈다. 황금빛으로 빛나던 꼬리는 사라지고 하얀 두 다리가 생겨났다. 매우 우아한 다리였지만 너무나 약해서 바위에 살짝 스치기만 해도 고통스러웠다.

"이제 너의 아가미를 없애고 인간들처럼 숨을 쉬게 만드는 일이 남아 있다. 이것은 해변가에서 해야만 한다. 넌 이제 멀리 헤엄칠 수 없기 때문에 내 상어가 널 태워다줄 게다."

막내 인어공주는 약간 긴장했다. 다른 인어들과 마찬가지로 그녀 역시 상어를 무서워했다. 길들여졌다고는 해도 안심할 수 없었다. 마녀의 상어 아놀드는 새하얗고, 사포같이 꺼칠꺼칠한 피부에 무시무시한 서른다섯 개의 날카로운 이빨을 갖고 있었다. 그러나 달리 방법이 없었다. 그녀는 용기를 내어 아놀드의 등지느러미 위에 올라탔다. 그러자 모든 상어들이 그렇듯 정신없이 몸을 흔들어댔다.

"이 상어가 제대로 일을 해낼까요?"

인어공주가 불안한 표정으로 물었다.

"물론이지."

마녀가 쏘아붙이듯이 대꾸했다.

"넌 상어가 피에 미쳐 날뛰지 않게만 하면 돼. 상어가 일단 피 냄새를 맡으면 나도 어쩔 수 없거든. 네 눈이 상어보다 훨씬 멀리 볼 수 있으니까 물속에서 피구름이 보이면 재빨리 기수를 틀거라. 해변에 도착하면 이 알약 두 개를 삼켜라. 그리고 편안히 편안히 누워 있으면 금방 잠이 들 게다. 잠에서 깨어나면 넌 땅 위의 인간들과 똑같아질 게다. 유감스럽게도 말이야."

마녀는 말을 마치고 아놀드의 꼬리를 걷어찼다. 그러자 상어가 재빠르게 앞으로 달려나갔다. 그들은 수십 마일을 헤엄쳐 갔다. 가끔 아놀드가 작은 물고기들을 쫓아 딴 길로 새려고 했지만 다행히

피구름은 만나지 않았다.

그녀는 해안가에서 조금 떨어진 곳에서 상어를 돌려보내고는 파도를 헤쳐 해안가로 걸어갔다. 걸을 때마다 칼로 베는 듯한 통증을 느꼈다. 게다가 걸음걸이는 너무나 엉성해서 마치 불구가 된 심정이었다.

며칠간의 피로와 긴장에 다리의 통증까지 느끼며 공주는 야자수 밑에 누워 마녀가 준 알약을 삼켰다. 마녀의 말대로 그녀는 곧 깊은 잠에 빠졌다.

잠에서 깨어났을 때 인어공주는 정말로 자신이 코로 숨을 내쉬고 있는 것을 알았다. 그녀의 피부는 끈적거리고 소금기가 느껴져 불쾌하기 짝이 없었다. 물 속에서만 살아온 그녀로서는 처음으로 몸의 물기가 말라 있는 순간이었다.

그녀는 왕자가 살고 있다는 성을 향해 발길을 옮겼다. 고통이 너무 심할 때는 길옆에 앉아 쉬어야만 했다. 길옆에서 쉬고 있는데, 마차 한 대가 다가왔다. 마차에는 뚱뚱한 사내가 혼자 타고 있었다.

"마을까지 좀 태워주시겠어요? 다리를 다쳐서 잘 걸을 수가 없어요."

막내 인어공주가 말했다.

사내가 마차를 멈추더니 그녀를 한참 동안이나 훑어보았다.

"댁은 지금 발보다 더 큰 문제가 있는걸, 작은 아가씨."

그가 킬킬거리며 말했다.

"대낮에 그렇게 발가벗고 길거리를 다니다니, 어떻게 된 거 아니오?"

"난 옷이 없어요. 하지만 난 곧 왕비가 될 거예요. 그땐 당신보다 훨씬 더 잘 차려입을 수 있어요. 난 지금 아쿠암 왕자님의 성으로 가고 있는 중인데, 데려다줄 거죠?"

사내는 미소를 지으며 고개를 끄덕였다.

"좋아. 보아 하니 제정신이 아닌 것 같은데, 어쨌든 올라오쇼. 갈 길이 멀어요, 아가씨, 흐흐."

인어공주는 마차에 올라 사내 옆에 앉았다. 그러자 그가 손을 뻗어 그녀의 허벅지를 쓰다듬으며 음흉한 목소리로 말했다.

"이렇게 태워주었으니 뭐로 보상할 거요, 아가씨?"

"지금은 돈이 없지만 나중에 왕비가 되면 꼭 갚겠어요."

그녀가 몸을 비틀며 말했다.

"하지만 난 지금 당장 받고 싶은걸. 흐흐."

그가 능글맞게 웃었다.

"사실 내가 원하는 건 돈이 아니라구. 내가 시키는 대로만 하라구. 저기 수레 뒤쪽으로 가서 누워주기만 하면 돼. 그것뿐이야."

"싫어요."

그의 말뜻을 알아차린 그녀가 말했다.

"난 왕자의 신부가 될 몸이에요. 당신 같은 건달은 관심 없어. 내려줘요!"

"오, 그래?"

사내가 그녀를 더욱 세게 잡아당기며 속삭였다.
"이치를 생각해봐. 가는 정이 있으면 오는 정이 있는 법이지. 안 그래? 자, 그러면 어떻게 해야 할지 알겠지?"
"이렇게!"
그녀는 마차 틈새에서 채찍을 꺼내 손잡이로 그의 배를 찔렀다. 비록 다리는 약했지만, 팔과 어깨는 오랫동안 물속에서 잘 단련되어 있었고 힘도 좋았다. 사내가 마차 밖으로 고꾸라졌다. 그녀는 재빨리 채찍을 바로잡고 말을 쳤다. 그러자 말이 펄쩍 뛰어오르며 달리기 시작했다. 마차는 화가 나서 펄펄 뛰는 사내를 남겨두고 흙먼지를 일으키며 사라졌다.
인어공주는 자신의 벗은 몸이 육지의 남자들을 흥분시킨다는 것을 깨달았다. 그녀는 숲 속에 이르러 마차를 세운 뒤 넓은 나뭇잎들을 주워 이리저리 엮어서 옷을 만들어 입었다. 그리고는 다시 말을 몰아 마을로 들어갔다.
성에 도착한 그녀는 보초에게 말을 걸었다.
"난 아쿠암 왕자님을 만나러 왔어요."
그녀의 기이한 옷차림과 당당한 모습에 당황한 보초의 눈이 휘둥그레졌다.
"이름을 여쭈어봐도 될까요, 아가씨?"
그가 놀라움을 감추지 못한 채 차갑고 딱딱한 목소리로 말했다.
"그냥 왕자님을 폭풍 속에서 구해준 사람이 왔다고 전해주세요."
그 보초가 다른 보초에게 귓속말로 속삭였다.

"잘 모르겠는데 아마 요정인 것 같아. 빨리 가서 왕자님께 말씀 드려!"

인어공주는 보초가 뛰어가는 것을 보며 조용히 기다렸다.

잠시 후 시종이 '접견실로 안내하라'는 왕자의 전갈을 들고 나타났다. 그녀가 시종을 따라 들어갔을 때 왕자는 루비가 박힌 왕좌 위에서 삶은 새우를 먹고는 금이쑤시개로 이를 쑤시고 있었다. 왕자는 그녀를 거만하게 쳐다보았다.

"네가 나를 구했다니, 그게 무슨 말이냐?"

왕자가 물었다.

"보름도 훨씬 전에 왕자님은 조난을 당했었죠. 그때 제가 정신을 잃어버린 왕자님을 해변까지 데려다주었어요."

아쿠암 왕자의 눈이 휘둥그레졌다.

"그래, 폭풍 때문에 배가 침몰하고 말았지. 모두들 그렇게 먼바다에서 해변까지 밀려온 것이 기적이라고 했지. 하지만 난 아무것도 기억이 나지 않는구나. 그런데 너처럼 허약해 보이는 어린 소녀가 그렇게 멀리까지 수영을 했다고? 어떻게?"

"난 수영은 누구보다 잘해요."

인어공주가 대답했다.

그녀는 폭풍이 휘몰아치던 날 밤에 일어났던 일을 자세히 들려주었다. 배의 상태와 심지어는 그때 왕자가 입고 있던 옷차림까지 정확하게. 비로소 왕자는 그녀의 말을 믿어주었다.

"확실해. 그렇다면 당신은 정말 내 생명의 은인이군요."

왕자가 말투를 고쳐 말했다.

"당신은 천사이거나 물의 정령이거나 그도 아니면 특별한 힘을 가진 요정이 틀림없군요. 소원이 있으면 말해보시오."

"난 왕자님과 결혼하고 싶어요."

그녀가 주저없이 말했다.

그 말을 들은 순간 왕자의 입이 떡 벌어지더니 입으로 가져가던 새우를 떨어뜨리고 말았다.

"하, 하지만 그건 불가능해요. 난 삼 주 후에 에스투아리아의 공주와 결혼할 예정이에요. 그것 말고 다른 소원을 말하면 무엇이든지 들어줄게요."

"다른 건 싫어요."

왕자는 식은땀을 흘렸다. 이 작은 아가씨가 정말 요정이라면 함부로 기분을 상하게 해선 안 될 터였다. 어떻게 해야 할지 몰라 당황한 왕자는 일단 이 순간을 빠져나가야 한다고 생각했다.

"여기서 며칠 묵으면서 얘기 나누도록 해요."

왕자가 제안했다.

"무슨 방법이 있겠죠. 그 동안 나의 궁전에서 마음껏 즐기십시오. 우선 하루 빨리 기운을 회복하기 바랍니다."

그녀는 매우 호화스러운 방으로 인도되었다. 부드러운 양탄자가 발의 고통을 덜어주었다. 방 한가운데에는 커다란 침대가 놓여 있었고, 옷장은 아름답고 화려한 드레스로 가득했다. 하녀가 목욕을 시켜주고, 긴 머리를 손질해주었으며 집사가 과일이 가득 담긴 쟁

반과 여러 가지 처음 보는 음식들을 가지고 왔다. 식사 후 그녀는 잠깐 눈을 붙였다. 한숨 자고 일어나자 몸이 훨씬 가뿐했다. 비록 발의 고통은 끊이지 않았지만.

다음날 오후 하인 한 명이 그녀를 저녁식사에 초대한다는 왕자의 전갈을 들고 찾아왔다. 그녀는 왕자의 전용 식당으로 안내되었다. 음식이 차려지는 동안 그녀는 아쿠암 왕자와 함께 악사들의 음악과 무용수들의 춤을 감상했다. 왕자는 에스투아리아 공주와의 결혼 이야기를 꺼내며 좀더 강한 나라와의 정치적 동맹이 얼마나 중요한가를 설명했다. 비록 한 번도 에스투아리아 공주를 만나본 일은 없지만 그녀가 똑똑하고 인정 많은 여자라는 것을 들어서 알고 있다고 말했다.

"우리 왕가의 사람들은 자기 마음대로 살 수 없다는 것을 알아주시기 바랍니다. 사람들은 우리가 아무 걱정 없이 모든 걸 누리면서 산다고 생각하지만, 실은 그렇지 않아요."

"상관없어요. 당신 목숨을 구해주었는데, 어째서 내 말을 들어줄 수 없는 거죠? 저는 왕자님과 결혼하기 위해서 여기까지 온걸요."

왕자는 무척 당황스러웠다. 그는 대답을 얼버무리며 그녀의 관심을 저녁식사 쪽으로 돌리려고 애썼다. 식사가 끝난 뒤 왕자는 벽난로가에 앉아서 그녀에게 체스 두는 법을 가르쳐주었다.

그녀가 침실로 돌아가자 왕자는 걸음을 재촉하여 왕궁 맞은편에 살고 있는 어머니를 찾아갔다. 왕비는 모두들 마녀라고 생각할 정도로 현명한 여자였다. 아쿠암은 왕비에게 그녀 문제를 털어놓았다. 잠시 고민에 빠져 있던 왕비가 해결책을 내놓았다.

"그녀가 계속 고집을 부린다면, 차라리 가짜 결혼식을 올리는 것이 낫겠다. 왕비가 되었다고 그녀를 안심시킨 뒤 잠시 여행을 떠난다고 말하고 에스투아리아로 가서 진짜 결혼식을 올리거라. 그 다음에는 두 신부를 위한 시간을 따로따로 잡는 거야. 좀더 확실한 해결책이 나올 때까지 당분간 그렇게 하는 것이 좋겠구나."

"어머니 말씀대로 따르겠어요. 행여 잘못되는 일이 없었으면 좋겠어요."

왕자가 말했다.

"그 소녀, 아니 요정이거나 다른 무엇일지도 모르겠지만, 매력적인 아가씨임에는 틀림이 없습니다. 만약 제 생명의 은인이 아니라고 하더라도 호감이 가는 여자입니다."

"걱정하지 마라, 아들아. 이런 문제는 저절로 해결되게 마련이란다."

다음날 왕자는 조촐하게 가짜 결혼식을 함으로써 막내 인어공주가 왕비가 된 것처럼 믿게 했다. 신부의 아픈 발이 왕자의 마음을 심란하게 했지만 그들은 행복했다. 왕자는 곧 자신이 그녀를 깊이 사랑하고 있다는 것을 깨달았다. 시간이 갈수록 잘 알지도 못하는 에스투아리아 공주와의 정략 결혼이 싫어졌다.

하지만 그는 한 나라의 운명을 지고 있는 왕자로서 책임감이 강한 사람이었다. 진짜 결혼할 날이 다가오자 왕자는 계획했던 대로 여행을 가기 위한 거짓말을 둘러댔다. 그는 몇 번이나 사랑스런 왕비와 눈물 젖은 키스를 나누며 변함없는 애정을 다짐했다. 인어공주는 열렬히 그리고 맹목적으로 왕자를 사랑하고 있었기 때문에 왕자의 진짜 여행 목적을 꿈에도 의심하지 않았다. 그녀는 왕자를 절대적으로 믿었다.

에스투아리아의 수도에 도착한 왕자는 왕과 왕비로부터 대대적인 환영을 받았다. 그런데 환영하는 그들의 태도는 어딘가 어색해 보였고, 공주는 그림자도 보이지 않았다. 환영식이 끝나자 왕자는 용기를 내 공주는 어디에 있는지를 물었다. 그러자 갑자기 왕과 왕비의 얼굴이 창백해졌다. 왕은 말을 더듬으며 그날 갑자기 공주가 없어졌다고 고백했다. 그러면서 곧 찾아낼 때까지 며칠만 더 묵어 달라고 간청하는 것이었다. 왕은 행여 이 일이 이웃나라의 왕자를 격분시켜 전쟁이라도 일으키지 않을까 노심초사했다.

그날 밤 왕자는 유리창을 두드리는 다급한 소리에 잠이 깼다. 그는 침대에서 일어나 창문 쪽을 바라보았다. 창 밖에 사람이 밧줄에 매달려 있었다.

"누구요?"

아쿠암이 물었다.

"쉿! 난 에스투아리아 공주예요. 절 좀 도와주세요."

그는 얼른 손을 뻗어 그녀를 방으로 잡아끌었다. 그녀는 작고 깡말랐으며, 얼굴에는 주근깨와 사마귀가 있었고, 집시처럼 까만 눈을 깜빡이고 있었다. 기름기 많은 곱슬머리에 약간 찌푸린 얼굴을 한 그녀에게 왕자는 조금의 매력도 느낄 수 없었다.

"당신이 정말 이 나라의 공주인가요?"

그녀는 대답 대신 손을 뻗어 왕가의 문장이 새겨진 반지를 보여주며 말했다.

"당신께 부탁드릴 게 있어서 왔어요. 당신은 정말 기품 있어 보이는군요. 하지만 난 당신을 사랑할 수 없어요. 내게는 사랑하는 사람이 따로 있는걸요. 아버진 결코 허락하시지 않을 평범한 사람이에요. 오늘밤 난 그와 함께 도망갈 예정이에요. 난 더 이상 공주로 살지 않을 거예요. 다만 당신께 내 행동에 대해 화내지 말고 돌아가달라고, 그리고 이 나라와 전쟁 따위는 일으키지 말아달라고 부탁하러 온 거예요. 저와 약속해주실 건가요?"

왕자는 그녀의 행동에 마음이 상하기보다 왕궁에 남겨두고 온 신부 생각에 오히려 안심이 되었다. 그는 공주에게 미소를 지으며 말했다.

"걱정마세요, 공주님. 나 역시 사랑하지 않는 사람과 결혼하는 것은 옳지 않다고 생각해요. 내가 당신의 부모님과 잘 해결해볼게요. 그와 행복하게 살길 바라겠어요. 그런데 상대방은 대체 누구입니까?"

"대마법사이자 치료사인 스클레피오랍니다. 언젠가 그를 만나게 된다면 당신도 좋아하게 될 거예요. 어쨌든 저를 이해해주시니 정말 고맙군요. 당신은 정말 좋은 사람이에요, 아쿠암 왕자님."

그녀는 왕자의 뺨에 가볍게 키스를 하고는 창가로 다가가 밧줄을 잡았다. 그때 누군가 지붕 위에서 그 밧줄을 끌어올렸고, 공주는 곧 사라져버렸다.

다음날 왕자는 자기의 왕궁으로 돌아갈 채비를 했다. 그는 에스투아리아 왕과 왕비에게 자신은 전혀 기분이 상하지 않았으며, 그들의 왕국에서 보낸 시간이 정말 즐거웠다고 안심시켰다. 그는 또 두 나라가 영원히 친선을 유지할 것을 제안하고 공주가 돌아온다면 자신도 기쁠 것이라고 덧붙였다. 하지만 속으로는 공주가 돌아오지 않을 것이라는 생각을 하며 미소를 지었다.

막내 인어공주는 기쁜 얼굴로 왕자를 맞이했다. 그녀는 궁중의 모든 사람들이 모인 곳에서 다시 한 번 결혼식을 올리자는 왕자의 제안을 듣고 더욱 기뻐했다.

한편 왕자가 없는 동안 막내 인어공주와 친해진 왕비는 그녀에 대해 많은 것을 알게 되었고 그래서 더욱 호감을 가졌다. 왕비는 그렇게 사랑스러운 소녀와 왕자를 제대로 맺어주지 못하는 것을 안타까워했다. 때문에 왕자가 결혼식을 다시 거행한다고 말했을 때 누구보다도 기뻐했다. 그녀는 어떤 결혼식보다도 특별한 결혼식을 만들어주고 싶었다. 왕비는 직접 인어공주의 머리 위에 왕관을 씌워주었으며, 모든 사람들이 보는 앞에서 그녀를 포옹하고 키스를 했다.

인어공주 역시 시어머니의 애정을 따뜻하게 받아들였다. 두 여자는 매우 가까워졌으며, 인어공주는 친어머니에게서 받지 못한 사랑을 시어머니로부터 담뿍 받으며 어린 시절의 아픔을 치료할 수 있었다.

왕위에 오른 아쿠암 왕자는 두 여자로부터 도움을 받으며 나라를 통치해 백성들의 존경을 받았다. 인어공주는 어느 때보다 행복했지만 단 하나 그녀를 괴롭히는 것이 있었다. 바로 인간이 된 대가로 치르는 발의 고통이었다. 수많은 의사들이 치료를 시도했지만 허사였다.

그러던 어느 날 유명한 치료사인 스클레피오가 아내와 함께 아쿠암의 왕궁을 방문했다. 아쿠암 왕만이 치료사와 그 아내를 알아보았다. 그들은 서로 비밀스런 눈짓을 교환하며 미소를 보냈다.

왕비의 발을 살펴본 스클레피오가 말했다.

"이건 병이 아니고 마법이죠. 제가 고쳐보겠습니다."

스클레피오는 며칠 동안 쉬지 않고 주문을 외웠다. 그러자 신기하게도 발의 고통이 거의 사라졌다. 그는 또 인어공주에게 발의 힘을 기를 수 있는 처방을 내렸다. 몇 달 동안 꾸준히 그의 처방을 따랐을 때 그녀는 마치 처음부터 걸었던 사람처럼 잘 걷게 되었을 뿐만 아니라 달리기도 거뜬히 할 수 있을 정도가 되었다.

아쿠암 왕은 치료사와 그의 아내에게 왕비를 치료해준 공로로 거대한 땅과 작은 성 하나를 주었다. 그 후 두 쌍의 부부는 매우 가깝게 지내며 서로의 행복을 빌어주는 사이가 됐다.

몇 년이 지나 인어공주는 왕위를 이을 공주를 낳았다. 그런데 그녀의 발가락 사이에는 물갈퀴가 달려 있었다. 예언자들은 이 전례 없는 탄생을 두고 장래 바다의 지배자가 될 징조라고 앞다투어 칭송했다.

어린 공주는 강하고 지혜로웠으며, 또한 아름다웠다. 그녀는 예언자들의 말을 증명이라도 하듯 어려서부터 세상에서 가장 수영을 잘한다는 소리를 들으며 자랐다.

# 하얀모자 소녀

이 이야기에 등장하는 삼대의 여성 즉 처녀, 어머니, 할머니는 삼위일체의 전통적 색상인
흰색, 빨강색, 검정색으로 대변된다. 따라서 모자 쓴 소녀는 처녀이므로 그녀의 색은 흰색이고,
우리에게 익숙한 동화 속 주인공 빨간모자 소녀의 딸로 불리게 된다.
이야기에 나오는 할머니, 하얀모자 소녀, 사냥꾼, 늑대의 존재는 매우 상징적이다.
사냥꾼은 자연을 착취하고 파괴하는 남성을 상징하고 할머니의 모습은 생명을 존중하고 보살피는
여성의 존재라고 할 수 있다. 할머니의 보살핌을 받는 늑대는 자연의 본질 자체를 의미한다.
하얀모자 소녀는 늑대를 보살피면서 늑대가 사람을 잡아먹는다는 이야기는
인간이 야생 동물에 대해 갖는 편견에 불과하다는 것을 알게 되었다. 아마 소녀도 늑대의 습성을
알기 전까지는 울면 호랑이가 물어간다, 떡 하나 주면 안 잡아먹지 식의 이야기를 들으며
자랐을지도 모른다. 이처럼 사람들의 편견이나 공포심은 잘 알지 못하는 데서 비롯되는 경우가 많다.

■■■ 옛날 아주 오랜 옛날, 하얀모자라고 불리는 소녀가 커다란 숲 언저리 오두막에서 빨간모자 어머니와 함께 살고 있었다. 하얀모자는 어디를 가든지 항상 눈처럼 하얀 모자를 쓰고 다니기 때문에 붙여진 이름이었다.

한편 마을에서 멀리 떨어진 숲 속 깊은 곳에 사는 하얀모자의 할머니는 항상 검은 옷을 입었다. 할머니 집으로 가려면 꼬불꼬불한 숲길을 지나 한참이나 더 들어가야 했지만 마을 사람들은 그 집을 자주 방문했다. 할머니는 병을 고쳐주고, 아낙들이 아기를 낳는 일을 도와주었다. 사랑의 열병을 앓는 아가씨나 청년들은 할머니를 찾아가 위안을 얻었고, 불행이 닥친 집의 여주인은 행운을 다시 불러오기 위해 할머니를 찾아갔다. 이 밖에도 마을의 풍년을 기원하고, 가물거나 비가 너무 많이 올 때도 사람들은 할머니를 찾아가 도움을 청했다. 사람들은 이 마녀 할머니를 경외하면서도 존경했다.

할머니는 또 나무의 정령들이나 야생 동물들과도 얘기를 나누었다. 그래서 할머니의 오두막 주위는 숲 속에서 상처를 입고 할머니의 보살핌을 받고 있는 동물들로 가득했다.

하얀모자의 어머니는 때때로 바구니에 꿀과 치즈, 마른 콩, 그 밖에 여러 가지 음식을 담아 딸에게 주며 할머니께 갖다드리라고 심부름을 시키곤 했다. 그럴 때면 하얀모자는 할머니 댁에서 며칠을 지냈다. 오두막에는 새와 여러 동물들이 있어서 함께 놀 수도 있었고, 집안 가득 약초의 향내가 풍겼다. 할머니 집에 가면 재미

있는 일들로 가득했다. 할머니는 하얀모자에게 꽃과 나무, 풀, 돌, 별, 바람, 물 이야기들을 들려주면서 숲의 생물들을 잘 보살피고 존중해야 한다고 가르쳤다.

하얀모자 할머니는 늑대의 병을 고쳐주기도 하고, 덫에 걸려 생긴 상처를 치료해주기도 했다. 그래서인지 늑대들은 할머니를 곧잘 따랐다. 이따금 할머니를 만나기 위해 오는 늑대도 있었다.

할머니는 늑대 무리 속에서 바르게 처신하는 법을 알고 있었기 때문에 그들의 공격을 받지 않았고 오히려 그들의 친구가 되었다. 할머니는 늑대에 대한 이야기들을 들려주었고, 하얀모자는 처신만 잘하면 늑대는 두려운 존재가 아니라는 것을 배웠다. 소녀는 늑대가 사람들이 생각하는 것처럼 난폭한 동물이 아니라 오히려 아주 영리하고 충직한 성품을 지닌 개로, 자기 종족이나 자신을 위협하지 않는 한 온순하게 군다는 것을 알았다. 이제 하얀모자는 숲 속에서 들려오는 늑대들의 울음소리에도 전혀 두려움을 느끼지 않았고, 숲 속 동물 가운데 늑대를 가장 좋아하게 되었다.

싱그러운 햇살이 쏟아져 풀잎에 맺힌 이슬방울이 반짝거리는 어느 날 아침이었다. 하얀모자 소녀는 바구니를 들고 새들의 노래에 맞춰 휘파람을 불며 할머니 댁으로 심부름을 가고 있었다. 그런데 숲 속 시냇가에 앉아 목을 축이고 있을 때 사냥꾼 두 명이 소녀에게 다가왔다. 두 사람은 커다란 늑대의 시체를 막대기에 매달아 어깨에 메고 있었다.

늑대의 부푼 젖으로 보아 갓난새끼들이 매달려 빨았을 것이 분명했다. 어미의 죽음으로 어린 새끼들은 어딘가에 고아로 남겨졌을 것이었다. 덫에 걸렸었는지 늑대의 왼쪽 뒷다리가 짓이겨져 있었다. 소녀는 오싹 소름이 끼쳤다.

"어이, 꼬마야!"

사냥꾼 중 한 명이 그녀를 부르며 말했다.

"봐라, 무섭지? 우리가 널 위해 잡은 거다."

"무섭지 않아요."

하얀모자가 대답했다.

"어미 짐승을 고통 속에 죽게 하다니, 아저씨들은 정말 끔찍하고 잔인해요. 아마 저 늑대는 먹이를 갖고 새끼들에게 돌아가려던 참이었을 거예요."

그러자 나이든 사냥꾼이 갑자기 화를 냈다.

"넌 참 고약한 입을 가졌구나, 꼬마야. 아무래도 너에게 어른을 공경하는 법을 가르쳐줘야겠다."

다른 사냥꾼도 낄낄거리면서 얼빠진 얼굴을 하고는 소녀 쪽으로 슬금슬금 다가왔다.

"봐, 월, 다 컸지? 어이, 월, 어때?"

그가 음흉하게 말했다.

하얀모자는 어린 여자아이를 겁탈하려는 나쁜 사람들도 있다는 어머니의 경고가 생각났다. 하얀모자는 벌떡 일어나서 단단한 나뭇가지 하나를 집어들었다.

"이봐, 지금 뭘 하려는 거야?"

월이라는 사냥꾼이 험악한 표정을 지으며 말했다.

"우리처럼 크고 힘센 어른과 싸우겠다는 건 아니겠지? 두들겨 맞고, 그 예쁜 하얀 모자도 더럽혀질 텐데. 어른을 공경하지 않았다는 이유로 말이야. 설마 이 늑대 꼴이 되고 싶지는 않겠지, 꼬마야."

"나를 잡아 다리를 절단내겠다는 거예요?"

하얀모자가 말했다.

하얀모자는 땅을 딛고 선 두 발에 힘을 주고는 막대기를 들어 금방이라도 내리칠 준비를 했다. 소녀는 자신이 위험에 처했으며, 싸워봤자 질 게 뻔하다는 것을 알았지만 너무도 화가 난 나머지 두려움조차 잊어버렸다.

소녀의 말에 얼빠진 표정의 사냥꾼이 또 낄낄댔다.

"가서 저 애를 붙잡아, 월."

그가 킁킁거리며 말했다.

"날 건드리면 우리 할머니가 가만두지 않을 거예요."

하얀모자도 질세라 협박하듯 말했다.

"우리 할머니는 '위대한 숲의 마녀'라구요! 할머니가 주문을 걸면 아저씨들 발이 뒤집어지고 귀가 떨어져 나갈 거예요."

"아하! 그 할망구 얘기는 나도 들었지."

월이 히죽대며 말했다.

"그 할망구는 악마라서 늑대로도 변할 수 있다더군. 저 늑대가 네 할머니라면 네 몸에도 악마의 피가 흐르고 있겠군. 월, 저 애를 잡아, 잡으라구."

얼빠진 표정의 사냥꾼이 재촉했다. 월은 잠시 멈칫하다가 경멸에 찬 몸짓으로 돌아섰다.
"저 꼬마와는 싸울 가치도 없어. 집어치고 나머지 덫이나 살펴보러 가자, 롤로."
"에이, 이봐, 이봐, 월."
롤로가 애걸했다.
"다 큰 계집애야. 이봐, 뭘 망설여. 한번 해보자구."
"안 된다고 그랬지, 롤로."
월이라는 사냥꾼이 막고 나섰다. 결국 두 사냥꾼은 하얀모자를 놔두고 돌아서서 가버렸다. 그녀는 바구니를 들고 있는 힘을 다해 그곳에서 도망쳤다.
오두막에 도착한 하얀모자는 할머니에게 늑대를 잡은 두 사냥꾼에 대해 하나도 빠짐없이 이야기했다.
"나도 그놈들을 안다. 아주 비열한 놈들이지. 놈들을 혼내줄 방법을 알고 있지만 내일까지 기다리자. 지금은 어미 잃은 늑대새끼들을 찾는 일이 급하구나. 어서 나가보자."
하얀모자와 할머니는 밖으로 나가 늑대 굴을 뒤지기 시작했다. 마침내 세 번째 굴에서 어미를 기다리며 울부짖고 있는 네 마리의 새끼늑대를 발견했다. 하얀모자가 두 마리를 외투에 싸자 할머니도 두 마리를 조심스럽게 품에 안았다.
새끼늑대들을 오두막으로 데려온 할머니는 염소 젖을 짜서 먹였다. 다행히도 새끼들은 우유를 잘 소화시키는 것 같았다. 배불리 먹고 난 새끼들은 곧 화롯가 옆 상자 속에서 잠이 들었다.

날이 밝자 할머니는 다리가 부러진 새끼사슴, 한쪽 날개가 부러진 매, 덫에 걸려 발톱 세 개가 뽑혀 나간 너구리를 보살폈다. 그러나 하얀모자는 유독 늑대를 좋아해서 다른 동물들은 눈에 들어오지도 않았다.

동물들을 모두 치료한 다음 할머니와 하얀모자는 연장을 가지고 사냥꾼들의 덫을 찾아 나섰다. 할머니는 덫들을 하나하나 조심스레 뽑아낸 뒤 용수철과 쇠붙이를 산산조각냈다. 그리고 덫 하나는 망가뜨리지 않고 온전하게 집으로 가져와 대문 앞에 숨겨두고는 하얀모자에게 말했다.

"이제 뭐가 잡히는지 잘 봐라. 자기들 덫이 어떻게 됐는지 알면 놈들은 분명히 이리로 올 게다."

할머니의 예상대로 다음날 아침 일찍 두 사냥꾼이 잔뜩 화가 나서 찾아왔다.

"이리 나와. 이 마귀할망구야."

롤로가 고래고래 소리를 질렀다.

"우리 덫을 부숴놓은 게 누군지 다 알고 왔다. 당장 나오지 못해!"

"네 놈들이 직접 와서 데려가 보시지."

할머니가 맞받아 소리쳤다.

할머니는 몸에 이불을 칭칭 감고는, 잡아먹을 듯 이빨을 드러낸 늑대 가면을 머리에 썼다. 가면 속의 커다랗고 날카로운 이빨들 사이에는 넣었다 뺐다 할 수 있는 시뻘건 혀가 길게 달려 있었다.

롤로는 여차하면 쏠 태세로 총을 쥔 손을 앞으로 내밀고 문 앞으로 걸어갔다. 월도 뒤따라왔다. 그런데 롤로가 문을 걷어차려고 한 쪽 발을 내밀며 다른 쪽 발을 땅에 내딛는 순간 갑자기 풀섶 밑에서 덫이 튀어나왔다. 그는 힘없이 옆으로 풀썩 쓰러졌다. 총이 불을 뿜으며 단풍나무 잔가지 몇 개를 날려버리고는 그의 손에서 떨어졌다.

그때 늑대 가면을 쓴 할머니가 한 손에 도끼를 들고는 문을 열어젖히고 나왔다. 롤로는 덫에 걸린 채 발버둥치며 비명을 질렀다. 갑자기 벌어진 상황에 월도 몸을 떨었다.

"네 놈들을 잡아먹겠다!"

말이 끝나자마자 할머니는 롤로의 머리를 향해 도끼를 번쩍 들어올렸다. 순간 월은 악마라도 만난 듯이 혼비백산하여 줄행랑을 쳤고, 그 후 다시는 숲에 나타나지 않았다. 사냥꾼의 시체는 숲 속 늑대들의 먹이가 되었다. 살았을 때 동물을 학대하고 사냥에 나섰던 그가 죽어서 갚아야 할 몫이었을까. 숲 속에 사는 늑대와 새들은 실로 오랜만에 포식을 할 수 있었다.

하얀모자는 다음날 집으로 돌아왔다. 할머니 집에서 어떻게 지냈느냐는 어머니의 물음에 하얀모자는 이렇게 대답했다.

"늑대한테 먹이를 주고 왔어요."

신데헬

이 이야기에는 가부장적 남성 시대가 도래하기 전 평화로웠던 여신들의 흔적이 남아 있다.
이야기 곳곳에는 북유럽의 죽음의 여신 헬에 대한 숭배의식을 엿볼 수 있다.
독일에 있는 「신데렐라」의 원본을 보면, 정령이 신데렐라에게 주는 선물은 어머니의 무덤에서 자란 신성한 나무다. 어머니의 무덤은 과거에 여신을 섬겼던 신성한 장소를 의미할 것이다.
또한 이 이야기는 도시로 대표되는 중세 교회의 정치적 힘과 시골에서 여신에게 드렸던 제사가 지닌 영적인 힘, 이 두 세력간의 불편한 관계를 배경으로 하는 것이다.
이 여신은 이중의 의미를 갖는다. 하나는 본래의 지하세계를 지배하던 지하여신을 의미하며, 또 하나는 중세 기독교 세력을 피해 은밀하게 지하로 내려가게 된 여신들에 대한 숭배를 상징한다.
신데헬이 월경혈을 마법으로 사용한 것은 특별한 의미가 있다. 가부장제 이전의 시대에는 월경혈은 모든 생명의 근원이며, 혈연의 기초라고 믿었고, 영적인 힘과 만나는 매개체로 여겼다. 그러한 힘 때문에 가부장제 사회는 월경혈을 두려워했고, 그 피가 남성 신에게 도전할 수 있다는 어처구니없는 미신 때문에 금기시했다.
또 신데헬의 신발에 제왕의 홀을 넣는 의식은 신성한 결혼의 상징으로서 이는 대지의 여신 데메테르에게 제사를 드리던 엘레우시스 의식으로 거슬러올라간다.
오늘날에도 여러 가지 신발 숭배의식에서 그 상징을 발견할 수 있다.

■■■ 옛날 지하세계 여신은 명예롭게 죽은 자들의 여왕이었으며, 동시에 어머니가 되기 전까지의 여성을 지배하고 보호해주는 신으로 알려져 있었다.

여신은 지상에 자신을 섬기는 많은 여사제들을 두었다. 그 여사제들은 세상에 도덕적 체계를 세워, 사람들에게 충고를 해주고 그들의 선행을 기록했다. 여사제들은 또 싸움을 중재하거나 병든 자들에게 약을 처방해주고 아기들을 태어나게 하는 등 세상에 평화를 가져다주는 일을 했다. 그 밖에도 여사제들은 수없이 많은 물질적 혜택을 베풀고, 사회 봉사를 하여 세상의 균형과 조화를 이루는 일을 했다. 사람들은 여신을 대하듯이 여사제들을 섬기며 경외했다. 또한 여신이 다스리는 지하세계에서 살고 있는 조상들의 영혼을 숭배했다.

그러나 여신들의 오랜 평화는 깨졌다. 칼로 무장하고 군대를 이끈 남자 사제들이 세상에 나타난 것이다. 그들은 사람들에게 그들의 남신을 받아들이든가 아니면 목숨을 내놓으라고 강요했다. 이렇게 되자 사람들에게 선택의 여지란 없었다. 오랜 세월 여사제들은 활짝 트인 들판과 숲에서 여신을 섬겼고, 가정을 가진 사람들은 아침저녁으로 자신들의 여신을 숭배해왔건만, 왕은 하루아침에 여신을 섬기는 신전을 폐쇄하고 말았다.

그 여사제들 가운데 한 명이 부자 청년과 결혼하여 아름다운 딸을 낳았다. 그들은 딸의 이름을 지하세계 한 여신의 이름을 따서

헬이라고 지었다. 그 이름은 또한 여신이 죽은 사람들을 다시 아기로 환생시키는 작업을 하는, 지하 깊숙한 곳에 숨겨진 방을 뜻하는 말이기도 했다. 이처럼 헬은 매우 신성한 의미를 지닌 이름이었다.

여사제였던 헬의 어머니는 그 이름을 딸에게 지어주며 지하의 여신이 딸의 인생을 축복해줄 것을 기원했지만 불행하게도 그녀의 뜻은 이루어지지 않았다. 그녀는 어린 헬을 남겨두고 세상을 뜨고 말았던 것이다.

그 후 헬의 아버지는 크리스티아나라는 거만하고 탐욕스러운 여자와 재혼했다. 그녀는 노빌리타와 에클레시아라는 다 큰 두 딸을 데리고 왔다.

새엄마와 두 언니는 헬을 하녀 부리듯 했다. 헬에게 누더기 옷을 입히고 온갖 집안 일을 시켰으며, 혼자서도 할 수 있는 사소한 일까지 헬에게 시중들게 했다. 일 때문에 먼 곳으로 자주 여행을 가야 했던 헬의 아버지는 집안 일을 둘러볼 겨를이 없었다. 그는 늘 사업에만 열중했다. 새 가족들의 욕심을 채워주기 위해서 더 많은 돈을 벌어야 했기 때문이다.

노빌리타가 하는 일이라고는 최고급 비단과 공단, 그리고 담비 가죽으로 만든 옷을 차려입고, 온종일 거드름을 피우며 명령을 내리는 것이었다. 그녀는 채찍과 단도로 위협하면서 헬에게 복종을 강요했다. 에클레시아는 정숙하고 겸손한 척했지만 그녀 역시 언니 못지않게 치장하기를 좋아했고 영악했다. 자기가 무슨 도덕군

자라도 되는 척 헬의 '죄'를 운운하면서 속으로는 언니의 악랄한 행동을 은근히 즐겼다.

헬이 날로 아름다워지자 새언니들은 질투심으로 더욱 못살게 굴었다. 헬의 얼굴과 머리카락에 숯덩어리나 재를 묻혀 그녀의 아름다움을 보이지 않게 했다. 그리고는 '신데헬'이라고 불렀는데, 그것은 '재를 뒤집어쓴 헬'이라는 뜻이었다. 그 후 헬의 이름은 신데헬이 되고 말았다.

에클레시아는 종종 신데헬에게 말했다.

"네 빛은 꺼졌어. 네 엄마는 마녀였고, 네 여신은 죽었어. 넌 재투성이 하녀에 불과해."

혼자 있는 날이면 신데헬은 어머니의 무덤을 찾아가 자신의 불행한 처지를 하소연했다. 무덤가에는 우아한 버드나무 한 그루가 자라고 있었다. 바람결에 나뭇가지가 흔들리며 바스락거리는 소리를 내면 어머니의 영혼이 자신을 위로하는 소리라고 상상했다.

왕실에서 할로 이브를 기념하는 무도회가 다가왔다. 할로 이브는 예전에 여신들 중 한 명이 조상들에게 축복을 베푸는 추수절 축제였다.

이번에 열리는 무도회는 어느 때보다 성대하고 특별하게 치러질 예정이었다. 젊고 잘생긴 왕자 포퓰로가 그날 밤 할로 이브의 여왕으로 뽑힌 아가씨에게 왕관을 씌워주고, 자신의 신부가 될 것임을 공표하는 날이었기 때문이다.

이날을 손꼽아 기다려왔던 좋은 가문의 아가씨들은 무도회 초청장이 자기에게도 오기를 애타게 기다렸다. 신데헬의 새언니들도 마찬가지였다. 드디어 초청장을 받았을 때 몹시 기뻐하면서 무도회에 입고 갈 의상을 고르느라 야단법석을 떨었다. 신데헬은 작은 소리로 중얼거렸다.

"난 뭘 입지?"

"너?"

노빌리타가 외쳤다.

"넌 평상시처럼 입고 집에나 처박혀 있어. 아궁이 재나 치우면서 말이야. 무도회는 꿈도 꾸지 마."

"하지만 초청장은 이 집의 모든 숙녀들에게 보내진 건데요."

신데헬이 항의하듯 대꾸했다.

"넌 숙녀가 아니라 하녀야. 호호호."

"나도 언니들과 마찬가지로 숙녀예요."

신데헬이 단호하게 말했다. 그러자 두 언니들이 달려들어 마구 때리고, 꼬집고, 머리채를 잡아당기다가 그녀를 방 밖으로 밀어내 버렸다.

"가서 일이나 해. 이 마녀의 딸아!"

에클레시아가 신경질적으로 소리를 질렀다.

"넌 무도회에 못 가. 앞으로도 영원히."

축제일이 다가오자 새엄마와 두 언니는 신데헬에게 그들이 입고 갈 무도회 의상을 수선하라고 시켰다. 신데헬은 좁은 다락방에서 바느질을 해야 했다. 눈물방울이 떨어져 실을 적시곤 했다.

언니들은 상대방의 옷이 조금이라도 더 예쁘다고 느껴지면 신데헬을 못살게 굴었다. 두 자매는 서로 경쟁하며 자기가 더 아름답게 보이기 위해 심혈을 기울였다. 두 사람 모두 할로 이브의 여왕으로 뽑혀 포퓰로 왕자와 결혼하게 되기를 간절히 바랐다. 노빌리타는 여왕의 자질과 품위를 지닌 자신이 당연히 선택될 것이라고 우겼고, 에클레시아는 자신만이 모든 선을 구체적으로 실현할 장본인이므로, 만일 왕자가 자신을 선택하지 않으면 저주를 받을 것이라고 단언했다.

드디어 무도회가 열리는 날이 왔다. 헬의 새엄마와 새언니들은 탑 모양의 화려한 마차를 타고 무도회장으로 출발했다. 홀로 남겨진 신데헬은 한없는 슬픔에 잠겨 어머니가 살아 계셨을 때 가르쳐 준 대로, 호박의 속을 파내고 그 안에 양초를 꽂아 추수절의 보름달을 상징하는 주홍빛 장식물을 만들었다. 그리고는 그것을 어머니에게 선물하기 위해 무덤으로 갔다. 신데헬은 버드나무 아래 앉아 서럽게 울며 어머니의 영혼에게 괴로운 심정을 털어놓았다.

잠시 후 신데헬은 나무가 말하는 소리를 또렷하게 들었다.

"헬, 내 딸아. 울지 마라. 너도 무도회에 갈 수 있단다. 넌 지금 월경 중이기 때문에 마법을 쓸 수 있어. 그러나 꼭 유념할 것이 한 가지 있단다. 요정의 선물은 자정이 되면 마법의 힘이 사라진다는 점이다."

신데헬은 계속해서 들려오는 소리에 귀기울였다. 어느새 눈물이 다 말라 있었다.

"호박을 가지고 집에 돌아가거라. 집에 도착하면 먼저 양초의 불을 끄고 거미줄 두 가닥과 이슬 두 방울, 숯덩어리, 정원의 지렁이, 덫에 걸린 쥐, 딱정벌레 여섯 마리를 호박 속에 집어넣어라. 그런 다음 그 위에 너의 월경혈을 뿌려라. 그리고 무슨 일이 일어나는지 지켜보렴."

신데헬은 나무의 정령이 시킨 대로 했다. 그러자 놀라운 일이 일어났다. 호박이 점점 커지더니 두 개의 바퀴가 생기고, 문과 창문이 달린 빛나는 황금마차가 되었다. 거미줄은 아름다운 무도회 의상으로 변했다. 은회색 실크 망토에는 핏방울이 응결되어 만들어진 루비들이 달려 있었다. 이슬방울은 아름다운 수정구두로 변했고, 숯덩어리는 흑진주 목걸이로 변했다. 또 지렁이는 루비 눈이 박힌 뱀 모양의 황금팔찌가 되었다. 양초는 호두만한 루비가 박힌 호화로운 황금관으로 변했고, 쥐들은 진홍색의 화려한 벨벳 재킷에 호화로운 가발을 쓰고 있는 마부로 변했다. 여섯 마리의 딱정벌레는 여섯 마리의 흑마로 변했는데, 말들은 석류석과 홍옥 장식이 달린 사슴 가죽과 금제 마구로 장식되어 있었다. 말과 마차는 너무도 잘 어울렸다.

신데헬은 서둘러 누더기를 벗고 깨끗이 씻은 뒤 요정이 준 화려한 드레스를 입고 마차에 탔다. 그러자 마부들이 친절하게 그녀를 궁전까지 데려다주었다. 신데헬이 무도회장에 들어서자 장내가 술렁거리며 사람들의 시선이 일제히 그녀를 향했다.

포플로 왕자는 다정하게 신데헬을 맞이하며 그녀의 손에 입을

신데렐 129

맞추었다. 왕자는 신데헬에게 너무나 매혹된 나머지 저녁 내내 다른 아가씨들은 거들떠보지도 않았다. 그녀가 춤을 추지 않을 때면 그녀 옆에 앉아 이런저런 이야기를 나누며, 자신이 순수 음료를 가져다주기도 했다. 왕자는 신데헬에게 이름을 물었지만 그녀는 차마 대답할 수가 없었다. 자신의 처지와 똑같은 의미를 가진 신데헬이라는 이름이 부끄러웠기 때문이었다.

다른 숙녀들과 마찬가지로 노빌리타와 에클레시아도 왕자의 관심을 독점하고 있는 이 낯선 아가씨의 갑작스런 출현에 몹시 화가 났다. 포퓰로 왕자가 신데헬을 할로 이브의 여왕으로 뽑았다고 발표하는 순간, 새언니들은 분한 마음에 이를 갈았다.

예비 결혼의식이 거행되었다. 신데헬은 수정구두를 잠시 벗어달라는 요청을 받았다. 두 사람의 결합의 상징으로 그녀의 구두 속에 왕자의 홀을 집어넣기 위해서였다. 그런데 의식이 막 거행되는 순간, 자정을 알리는 종이 울리기 시작했다. 신데헬은 그제야 요정의 선물은 자정이 되면 마법이 풀린다고 했던 경고를 떠올렸다.

신데헬은 왕자의 손에 구두를 남겨둔 채 무도회장을 서둘러 빠져나갔다. 그녀가 마차에 도착했을 때 마차는 이미 호박으로 변하고 있었다. 마부는 쥐로 변해 재빨리 달아났고, 말들은 검은 딱정벌레로 줄어들더니 종종걸음을 치며 사방으로 흩어졌다. 실크 망토는 그녀의 몸에 핏방울 자국만 남겨둔 채 거미줄로 변했다. 팔찌는 지렁이로 변하여 땅으로 떨어졌고, 흑진주 목걸이도 다시 검은 숯으로 변해버렸다. 신데헬의 한쪽 발에 남아 있던 수정구두마저도 물방울이 되어 공중으로 흩어지고 말았다.

그녀는 재빨리 숲으로 도망친 뒤 사람들에게 들키지 않도록 작은 숲길을 따라 집으로 돌아왔다. 새언니들이 무도회에서 돌아왔을 때 신데헬은 누더기 차림으로 불가에 앉아 있었다.

언니들은 왕자의 마음을 사로잡은 채 사라져버린 수수께끼 아가씨에 대해서 요란하게 떠들어댔다.

"글쎄, 생각해봐. 왕자에게는 이제 아름다운 신부 대신 작은 구두만 있을 뿐이야. 신부를 찾을 수 없을 테니 그 결혼은 무효가 되는 거라구."

노빌리타가 말했다.

신데헬의 새언니들은 왕자의 속마음을 알 리가 없었다. 왕자가 가지고 있는 한쪽의 수정구두는, 왕자의 홀이 지니고 있는 마법의 힘 때문에 그대로 남아 있었다. 다음날 왕자는 왕국의 모든 아가씨들에게 구두를 신어보게 하라고 공표했다. 그는 자신이 홀의 의식에 따라 이미 결혼을 했기 때문에 무슨 일이 있어도 그 구두의 주인을 찾아서 결혼해야 한다고 생각했던 것이다.

왕자는 날마다 혼기가 찬 아가씨가 있는 집을 방문해 구두를 신겨보았다. 그러나 그 구두에 꼭 맞는 발을 가진 주인공은 나타나지 않았다.

마침내 왕자 일행이 신데헬의 집에 도착했다. 새엄마와 새언니들은 왕자에게 어떻게든 잘 보이기 위해 다과를 내오고 온갖 값진 물건들을 늘어놓고 자랑하느라 야단법석을 떨었다. 노빌리타는 가족 중 유명한 인물들의 초상화가 담긴 앨범을 가져와 펼쳐 보였고, 에클레시아는 자신이 얼마나 많은 선행을 했고 유식한지에 대해 떠들어댔다. 온갖 박식함과 교양, 예술감각 등을 과시해 보였지만 그 말들에는 좀처럼 진실성이 없었기 때문에 왕자의 마음에 와닿지 않았다.

왕자가 보기엔 두 사람은 그 동안 만나본 아가씨들보다 나은 것이라곤 하나도 없었다. 그럼에도 불구하고 왕자는 두 자매의 발 앞에 구두를 내놓았다. 노빌리타와 에클레시아는 발을 억지로 밀어 넣었다. 그러나 아무리 용을 써도 두 사람의 발은 신발에 맞지 않았다.

그녀들이 계속 애를 쓰는 동안 포퓰로 왕자는 화롯가에 앉아 있는 신데헬을 발견했다. 비록 재먼지가 묻어 있는 얼굴이었지만 그녀를 본 순간 왕자는 이상하게 마음이 끌렸다.

"저 아가씬 누군가요?"

왕자가 물었다.

"그 아인 이 집 하녀랍니다."

노빌리타가 대답했다.

"게으르고 더러운 계집종이죠."

에클레시아가 한마디 거들었다.

"잠깐! 저 아가씨의 발은 아주 작아 보이는데, 그녀도 구두를 신어보게 하세요."

"안 됩니다, 왕자님."

새엄마가 소리쳤다.

"저 애는 한낱 시골뜨기에 지나지 않습니다. 이 두 사랑스런 아가씨들처럼 왕자님과 어울릴 수는 없죠."

새엄마 옆에서 두 언니는 억지로 애교 있는 미소를 지었다.

"저 아가씨에게도 신어보게 하시오."

왕자가 명령했다.

신데헬은 평소에는 앉아볼 수조차 없었던 팔걸이 의자에 앉았다. 포퓰로 왕자가 손수 그녀의 발에 구두를 신겨보았다. 구두는 정확히 맞았다.

"나의 신부를 이제야 찾았군."

재로 얼룩진 그녀의 진짜 얼굴을 알아본 왕자가 기쁜 표정으로 외쳤다. 그 말을 들은 신데헬은 입맞춤으로 응답했고 그 때문에 왕자의 얼굴에도 재가 묻고 말았다. 그들은 서로의 얼굴을 바라보며 웃음을 터뜨렸다.

며칠 후 왕자와 신데헬의 진짜 결혼식이 거행되었다. 왕비가 된 신데헬은 돌아가신 어머니의 무덤에 신전과 사원을 세우고 무덤가의 버드나무를 '정령의 나무'라 이름 붙였다.

신데헬은 큰언니 노빌리타를 왕궁에서 가장 부유한 공작부인의 비서 겸 동료로 지내게 했다. 공작부인은 노빌리타처럼 왕국의 여섯 주에서 가장 거칠고, 버릇없고, 퉁명스럽고, 다루기 힘들고, 거짓말을 잘하는 교양 없는 여인이었다. 노빌리타는 공작부인을 보며 자신의 지난날을 깊이 반성했다. 후에 그녀는 잘난 체하는 태도를 버리고 진실한 사람이 되었다.

또 작은언니 에클레시아에게는 아픈 사람들을 돕게 하여 겉으로만 경건한 체할 게 아니라 실제로 행하게 했다. 에클레시아는 곧 그런 삶 속에서 즐거움을 찾게 되었고, 훗날 성녀라고 불릴 정도로 신실한 사람이 되었다. 하지만 새엄마 크리스티아나는 끝내 어떤 것에도 만족할 줄 모르고 불평 불만 속에 살다가 생을 마감하고 말았다. 포퓰로 왕과 헬 왕비는 오래오래 행복하게 살았음은 물론이다.

벌거벗은 여왕님

안데르센의 동화「벌거벗은 임금님」이 씌어진 시대는 여성이 의류와 직물기술에 깊이 관여하던 때였다. 그런데도 동화의 등장인물들은 하나같이 남성이었다. 동화조차 여성들의 참여에 얼마나 인색하게 굴었는지를 짐작해볼 수 있게 한다. 그래서 여기서는 주요 등장인물을 모두 여성으로 바꾸어 각색해보았다. 우리는 이 이야기에서, 비록 빤한 진실일지라도 진실을 말한다는 것이 얼마나 어려운 일인지를 알 수 있다. 분명 그것은 용기를 필요로 하는 일이다. 하지만 어쩌면 진실을 말하지 않는다는 것은 어른들이 세상을 살아가는 처세법일지도 모른다. 결국 어떤 편견도 없고 아직 한 번도 양심을 시험받아본 적이 없는 어린아이가 상황을 반전시키는 진실의 실마리를 쥐게 된 것이다. 그리고 벌을 받아 마땅한 두 명의 주인공은 살려줄 뿐만 아니라 그들에게 포상까지 베푸는 뜻밖의 결말을 만들어냈다. 온 백성의 웃음거리가 되고도 남을 여왕은 그러나 좀더 상식적이고 인간적인 인물로 다루었다. 자신의 과거 잘못을 발견하고 인정한 여왕이 어떻게 백성들로부터 존경과 명예를 회복하고 거듭나는가를 잘 보여준다.

■■■ 아주 오래 전 중국의 마지막 여왕이 나라를 통치하던 시절, 부자가 되고 싶어하는 영리한 재단사 자매가 있었다. 두 자매는 늘 세상에서 가장 우아하고 값비싼 비단을 가지고 있다고 자랑하고 다녔다. 그 비단은 착한 사람과 악한 사람을 구별할 수 있는 신비한 힘을 가지고 있다는 것이었다.

그 요술비단은 부도덕한 사람들이나 조금이라도 죄를 지은 사람의 눈엔 보이지 않고, 마음이 깨끗한 사람들에게만 또렷이 보인다고 거짓말을 늘어놓았다. 그렇게 해서 그들은 막대한 양의 빈 비단상자들을 비단이 보이지 않는다고 털어놓을 수 없는 어리석은 사람들에게 팔았다.

요술비단에 대한 소문은 전국 방방곡곡에 퍼져 여왕의 귀에까지 들어갔다. 여왕은 곧 다가오는 자신의 생일날 성대한 잔치를 열 계획이었다. 여왕은 그날 있을 거리 행진에서 그 훌륭한 비단으로 만든 옷을 입겠다고 선포했다. 여왕의 속셈은 요술비단으로 정직한 신하와 정직하지 못한 신하를 가려내리라는 것이었다. 여왕은 재단사 자매에게 사람을 보내 자신의 옷을 만들어주면 큰상을 내리겠다고 약속했다.

여왕의 부름을 받은 동생 재단사는 놀라서 어쩔 줄을 몰랐다.

"이를 어쩌지? 우린 발각되고 말 거야. 우리는 이제 끝장이야. 맙소사! 언니는 왜 나를 이런 사기행각에 끌어들인 거야?"

그녀가 불평을 늘어놓았다.

"그만 좀 징징대."

언니 재단사가 소리쳤다.

"내 말 좀 들어봐. 정신만 바짝 차리면 우린 해낼 수 있어. 우리가 여왕의 의상을 만들어내면 우리의 행운은 영원할 거야. 대담해져야 돼. 사람들은 절대로 그 비단을 볼 수 없다는 사실을 인정할 수 없을 거라구."

"그렇지만 훌륭하고 현명한 신하들이 가득할 텐데."

동생 재단사가 두려움에 떨며 말했다.

"귀족, 학자, 예언자, 의원들 모두 똑똑한 사람들이지. 우리 비단이 그 사람들 눈까지 속이진 못할 거야. 분명하다구."

그러나 언니 재단사는 여전히 자신만만한 태도로 말했다.

"그런데 그들이야말로 진짜 위선자들이거든. 자, 긴장을 풀어. 우린 성공할 수 있어. 돈을 받은 후에 이 나라를 뜨면 그만이야. 이번에 크게 한 건 해서 손을 털자구. 그리고 멀리 도망가서 남부럽지 않게 사는 거야."

재단사 자매는 왕궁을 향해 출발했다. 언니 재단사는 그들이 누리게 될 부유한 생활을 상기시키며 동생을 안심시켰다. 그들 앞에 놓일 미래는 좋은 옷과 하인들, 매일 밤 열리는 파티, 최고급 음식과 포도주, 잘생긴 구혼자들로 가득 찰 거라면서.

왕궁에 도착하자마자 재단사 자매는 여왕 앞으로 안내되었다. 여왕은 곧바로 요술비단을 꺼내보라고 명령했다. 재단사 자매는 몇 개의 빈 비단상자를 열어서 큰 몸짓으로 둘둘 말린 옷감을 넓게

펼치는 시늉을 했다.

"여왕폐하, 이 금빛으로 빛나는 비단을 보십시오."

언니 재단사가 들뜬 목소리로 말했다.

"이 비단은 구름처럼 가볍지요. 어찌나 보드라운지 여왕님의 피부에 닿아도 거의 느껴지지 않으실 겁니다. 그리고 이것 좀 보세요. 이토록 황홀한 보랏빛을 보셨나요? 이렇게 섬세한 문양을 말이에요. 마치 작은 요정들이 금빛 거미줄로 짜놓은 것 같지 않은가요?"

"오!"

누군가 탄성을 질렀다.

그러자 대신들이 앞다투어 다가와 비단이 정말 보이는 것처럼 저마다 한마디씩 거들었다. 하지만 그들은 한결같이 속으로 비단을 볼 수 없다는 사실에 당황하고 있었다. 비단이 보이지 않는다는 것은 수치심과 두려움을 동시에 불러일으켰다. 그들은 혹시 자신들이 기억하지 못하는 죄가 있는지 과거를 더듬어보기 시작했다.

여왕은 단지 미소만 지을 뿐 아무 말도 하지 않았다.

'내 눈엔 요술비단이 보이지 않아!'

여왕은 마음이 무거웠다. 자신의 부도덕했던 과거와 왕권을 강화하기 위해 추진했던 무자비한 정책들이 떠올랐다.

여왕은 주위의 대신들과 모든 수행원이 요란스레 요술비단의 아름다움을 칭찬하는 소리를 들었다. '그렇다면 죄를 지은 사람은 나뿐이란 말인가?' 하는 생각에 몹시 초조했지만 곧이어 '하지만 사람들은 절대로 모를 거야!'라며 자신을 위로했다.

며칠 후 재단사 자매는 모든 것이 완벽하게 갖춰진 작업실과 호화로운 숙소를 배정받았다. 뿐만 아니라 필요한 것은 무엇이든 말만 하면 얻을 수 있었다.

그들은 날마다 부지런히 바느질을 하는 척했다. 그들은 또 몇 번이나 여왕에게 가봉한 옷을 입혀보기도 했다. 결코 눈에 보이지 않는 속옷과 금빛 가운, 망토 등을 입히면서 마치 태양처럼 빛난다고 칭찬했다. 때로는 비너스처럼 아름답다고 입에 침이 마르도록 찬사를 보냈다. 벌거벗은 채로 서 있는 여왕의 주위를 둘러싸고 대신들은 새 옷이 눈부시게 아름답다며 평소보다 더 유난을 떨었다.

대신들과 여왕이 너무나 감쪽같이 속아넘어가자 동생 재단사도 두려움을 잊고 성공했다고 여겼다. 그렇다고 해서 걱정거리가 완전히 사라진 것은 아니었다. 마침내 행진의 날이 환하게 밝아오자 동생 재단사는 갑자기 겁이 덜컥 났다. 동생 재단사는 언니의 팔을 붙들고 걱정을 늘어놓았다.

"우린 해낼 수 없을 거야. 지금 당장 도망가야 해."

"무슨 소리야, 이제 다된 거나 다름없어. 꼬마야, 날 말리지 마. 우린 거의 성공한 거나 다름없어. 우린 곧 부자가 되는 거라구!"

"부자가 무슨 소용이 있어. 난 남은 삶이나 보장받았으면 좋겠다구."

동생 재단사가 말을 이었다.

"언니, 들어봐. 여왕은 실오라기 하나 걸치지 않은 채 대낮에 대로를 행진할 거야. 수천 명의 군중들 사이로 말이야. 사람들 중 누군가는 분명히 자기가 보고 있는 진실을 말할 거야. 그 순간 우린 모든 게 끝장이라구. 내 말 이해 못하겠어?"
"그때쯤이면 우린 돈을 가지고 멀리 도망가 있을 거야, 안 그래? 기다려봐. 다 잘될 거야. 죄란 누구나 짓는 거야. 이 나라에 양심이 부끄럽지 않은 사람은 하나도 없어."
"그래, 나도 알아. 내게도 하나 있지."
동생 재단사가 우울하게 대답했다. 결국 그녀는 간신히 두려움을 억누르면서 여왕에게 축하 행진을 위한 새 옷을 입혀드리기 위해 여왕의 방으로 들어갔다.
여왕에게 옷 입히는 시늉을 하는 동안 언니 재단사는 조심스럽게 옷매무새를 고쳐주는 몸짓을 했다.
"여왕폐하, 고상하게 세운 깃이 구겨지지 않도록 머리를 높이 들고 걸으십시오. 그리고 폐하께서 도실 때는 행렬이 한쪽으로 비켜서야 합니다."
"이렇게?"
여왕이 몸을 돌리며 물었다.
"네, 여왕폐하, 바로 그렇게요."
언니 재단사가 대답했다.
"여왕님께서 저희가 만든 옷을 이렇게 우아하게 입어주시니 영광입니다."
"사람들은 나보고 우아함을 타고났다고들 말하지. 하지만 왕족이라면 늘 그런 얘기들을 듣는단다."
여왕이 미소를 띠며 말했다.
드디어 우렁찬 북소리와 나팔소리가 울려퍼지며 행진이 시작되었다. 의전관, 기사들, 많은 대신들이 훌륭한 차림새를 하고 앞장섰다. 그 뒤를 따라 벌거벗은 여왕이 기품 있게 햇살이 환하게 쏟아지는 땅 위로 걸음을 내디뎠다. 백성들이 일제히 존경과 찬사를 보내며 환호했다. 백성들이 환호하는 소리는 놀라움을 감추기 위해 점점 더 커졌다.
여왕이 예정된 길을 거의 다 지나왔을 때였다. 작은 여자아이 하나가 여왕을 보려고 어머니 치맛자락 뒤에서 살며시 고개를 내밀었다. 때마침 왕궁의 악단은 잠시 음악을 멈추었다. 그 순간 사람들 사이로 한 아이의 목소리가 낭랑하게 울려퍼졌다.
"여왕님이 아무것도 입지 않았어요. 엄마, 여왕님은 벌거벗었다구요!"
그러자 여왕이 소리가 난 쪽으로 고개를 돌리며 가만히 손짓을 했다. 행진은 곧 멈추었고, 근위병이 아이와 어머니를 붙들어 여왕 앞으로 데려왔다.
"얘야, 방금 뭐라고 말했지?"
여왕이 물었다.
"여왕님은 벌거벗었다구요."
아이가 대답했다. 아이의 어머니는 딸의 손을 꼭 쥐고는 두려움에 떨며 몸을 굽실거렸다.

벌거벗은 여왕님 143

"제발 용서해주세요, 여왕폐하. 아무것도 모르는 어린것입니다. 이 아이는 자기가 무슨 말을 하고 있는지도 모른답니다."

소녀의 어머니가 애원하듯 말했다.

"아니야, 이 아이는 비록 어리지만 자기가 한 말의 뜻을 너무도 잘 알고 있네. 그리고 참회할 만한 죄를 지을 나이도 아니군. 근위병, 이들을 놓아주게. 그리고 당신의 망토를 내게 주시오."

아이의 어머니는 안도의 한숨과 함께 눈물을 흘리며 여왕의 자비에 감사했다. 그러나 여왕에게 그 여인의 말은 전혀 들리지 않았다. 여왕은 행진을 그만두고 근위병의 망토로 몸을 감싼 채 궁으로 돌아왔다.

잠시 후 재단사 자매들이 묶인 채 여왕 앞으로 끌려왔다.

"너희들은 우리 모두를 크게 속였다."

여왕이 와들와들 떨고 있는 두 자매에게 말했다.

"그러나 너희들은 우리 궁전의 모든 사람들, 단 한 명의 어린아이를 빼고는 우리 왕국의 모든 사람들이 정직하지 못하다는 사실을 증명해주었다. 그러니 너희에게 상금을 주어야 할까, 아니면 대역죄로 처벌해야 할까?"

"자비로운 여왕님, 저희를 그저 놓아주시기만 한다면, 다시는 죄를 짓지 않겠습니다. 저희 죄를 가슴 깊이 후회하고 있습니다. 여왕폐하, 자비를 베풀어주십시오."

언니 재단사가 여왕에게 빌었다.

"넌 할 말이 없느냐?"

여왕이 이번에는 동생 재단사를 향해 물었다.

"여왕폐하, 전 저희의 계획이 성공하지 못할 거라고 생각했습니다. 그리고 두려움 속에서 깨달음을 얻었습니다. 폐하께 죽을죄를 지었습니다. 폐하께서 판단하시기에 죽어 마땅하다고 여기신다면 뜻대로 하십시오."

"그렇다. 네 말대로 너희들은 죽을죄를 지었다. 너희들은 이 나라의 제일가는 대신들과 왕국 전체를 감쪽같이 속였다. 하지만 너희들이 해준 일도 있구나. 우리가 얼마나 정직하지 못한지, 그리고 진실을 외면하고 사는지를 일깨워준 것이다. 그러니 너희들을 용서해주고 특별히 상금을 내리겠다. 이제부터 너희들을 왕실 의상 담당 겸 도덕과 윤리에 관한 특별 고문으로 임명하겠다. 근위병! 저들을 풀어주어라!"

목숨을 구한 재단사 자매 역시 남을 속이는 행위에 대해 깊이 반성했다. 그 후 자매는 여왕의 옷을 재단하고 만드는 일에 충실하면서 여왕의 상담자 역할도 기꺼이 맡았다. 다음 해 여왕의 생일날 그들은 자신들이 본 것 중 가장 훌륭한 비단으로 의상을 만들어 여왕에게 바쳤다. 그렇게 해서 그들은 오래도록 여왕의 신임을 받으며 행복하게 살았다.

질과 콩나무

「잭과 콩나무」를 새로 꾸민 이 이야기에서는 소년 대신 소녀가 등장하고, 잭은 하늘을 향해서 올라갔지만 새 주인공 질은 지하, 즉 지구의 자궁 속으로 들어가게 된다. 그곳은 한때 삶과 영감, 진실, 죽음 그리고 재생의 진정한 근원지로 여겨졌다. 융의 심리학에서는 무의식의 어둠 속으로 내려가는 영적 여행이 흔히 자궁으로의 귀환으로 상징되며, 이것이 신비한 각성에 대한 첫째 요인이라고 말하고 있다.

원래 이야기 「잭과 콩나무」에서 잭은 고대 이집트 다산의 신이며 죽은 왕들의 화신인 오시리스처럼 천국의 사다리를 타고 올라가 거인(질투심 많은 아버지를 상징한다)을 만나고 대담하게도 황금알을 낳는 거위를 훔쳐온다. 이집트 신화에서 창공의 여신 하토르가 태양을 낳는 어미 거위로 표현되기도 하는 것을 연상시키는 대목이다.

새로운 이야기에서 주인공 질은 지하의 어둠 속으로 내려가는데 이는 자신의 두려움을 극복하고 새로 태어나기 위한 자아의 여행과도 같다. 그리고 소녀가 노파한테서 사게 되는 콩의 흰색, 빨강색, 검정색은 전통적으로 각각 처녀, 어머니, 노파의 여신을 상징하는 색이다.

▪▪▪ 옛날 아주 오랜 옛날 딸과 함께 작은 오두막에서 살아가는 가난한 과부가 있었다. 과부의 딸 질은 마음씨가 곱고 명랑했지만 좀 산만한 구석이 있었다. 그들은 몹시 가난했기 때문에 어렵게 생계를 이어가고 있었다. 그러던 어느 날 먹을 것마저도 바닥이 나 남은 것이라고는 그들의 유일한 재산인 젖소에게서 짠 약간의 우유뿐이었다.
　　질의 어머니가 절망적인 목소리로 말했다.
　　"이제는 우유만 먹고 살아야겠구나. 하지만 그나마도 충분하지 못하니 소를 파는 수밖에 없어. 내일 저 놈을 시장에 끌고 가서 되도록이면 비싼 값에 팔아 식량을 사오거라."
　　다음날 아침 질은 소를 끌고 길을 떠났다. 시장으로 가는 길에 질은 한 노파를 만났다. 노파는 신기한 것을 보여주겠다며 질을 잡아끌더니 자기의 움켜쥔 손을 폈다. 노파의 손에는 흰색과 빨강색, 검정색의 콩 세 알이 놓여 있었다.
　　"그건 겨우 콩이잖아요."
　　질이 말했다.
　　"하지만 얘야, 이건 보통 콩이 아니라 요술콩이야. 이것들은 네가 상상도 할 수 없는 힘을 지녔단다. 세상에 이 콩보다 값진 것도 흔치 않지."
　　요술콩이라는 말에 귀가 솔깃해진 질은 그 요술콩을 꼭 가져야겠다고 결심했다.

"제가 가진 것은 소밖에 없어요. 이 소를 요술콩과 바꾸겠어요."

"좋아."

노파는 질의 손에 콩을 쥐어주고는 소를 끌고 어디론가 가버렸다. 기분이 좋아 신나게 춤까지 추며 집으로 돌아온 질은 소와 바꾼 요술콩들을 자랑스럽게 어머니에게 보여주었다.

"세상에, 맙소사."

질의 어머니는 어처구니가 없어서 말조차 제대로 나오지 않았다.

"이건 겨우 콩 세 알이잖니. 한입거리도 안 되겠구나. 빵, 소금, 고기, 감자, 치즈, 꿀…… 이런 것들은 대체 어디 있니? 내가 사오라고 한 것들 말이야."

그제야 잘못을 깨달은 듯 질이 풀죽은 목소리로 대답했다.

"마녀 할머니가 날 속였나 봐요, 엄마."

"괜찮아, 울지 마라. 네 잘못이 아니야. 네가 너무 순진해서 다른 사람의 말을 곧이곧대로 듣는 게다. 어른이 되면 너도 세상물정 좀 알게 되겠지. 오늘 저녁은 굶고 자야겠다. 내일은 뭔가 좋은 일이 생기겠지."

어머니가 방으로 들어가자 질은 난로 옆에 앉아 한참 동안 세 알의 콩을 살펴보며 생각했다.

"겨우 이것 갖고는 먹을 수도 없어. 차라리 땅에 심는 게 낫겠어."

질은 마당으로 나가 콩을 심었다. 그리고는 슬픈 마음을 달래며 간신히 잠을 청했다.

다음날 아침이 되자 질은 어머니에게 콩을 마당에 심었다고 말했다.

"옛날 어떤 이야기에는 하룻밤 새에 쑥쑥 자라는 거대한 콩나무가 있었지. 우리 집에도 혹시 요술콩의 기적이 일어났는지 나가볼까?"

그들 모녀가 마당으로 나가보니 정말로 밤새 콩나무가 자라서 흰 콩, 빨간 콩, 까만 콩들이 주렁주렁 달려 있었다. 하지만 키가 여느 콩나무와 별 차이가 없었기 때문에 기적이라고까지는 생각되지 않았다. 그래도 다행인 것은 콩요리를 해먹을 수 있다는 것이었다.

그런데 자세히 보니 콩나무 주위로 커다랗고 깊은 구멍이 하나 있었다. 질이 어두운 구멍 속을 들여다보니 콩나무 뿌리가 구멍을 따라 아래로 뻗어 있었다. 뿌리에는 사다리처럼 튀어나온 마디가 있어서 밟고 내려갈 수도 있었다.

"엄마, 보세요."

질이 소리쳤다.

"요술콩이 땅 속에 사다리를 만들어놨어요."

질은 당장이라도 구멍을 따라 내려가 보고 싶었다.

"아마 보물이 있을지도 몰라."

질이 신이 나서 말했다.

"지하세계에는 보물이 많다고 들었어요. 그 할머니는 아마 좋은 마녀일지도 몰라요."

질의 어머니는 어두운 구멍을 보고 약간 놀랐다. 그녀는 딸에게 조심하도록 신신당부하고 만일 이상한 것이 보이기라도 한다면 즉시 올라와야 한다고 주의를 주었다. 그리고는 안을 비춰볼 수 있도록 양초 하나를 주었다.

질은 조심조심 아래로 내려갔다. 구멍은 아래로 내려갈수록 점점 작아지더니 발 아래쪽은 별빛이 반짝이는 것처럼 보였다. 주위는 곧 칠흑 같은 어둠에 싸였다. 내려가는 동안에는 양초를 들고 있을 수가 없었기 때문에 어둠 속을 더듬어가며 내려가야 했다. 콩나무 뿌리는 끝없이 아래로 아래로 뻗어 있었다.

몇 시간이나 내려갔을까. 비로소 발이 땅에 닿았다. 질은 조심스럽게 콩나무 뿌리에서 내려와 촛불을 켰다. 질이 서 있는 곳은 바위로 된 방이었다. 질이 내려올 때까지 이어졌던 구멍은 그 방에서 끝나 있었다. 질은 촛불을 높이 들고 어두운 통로로 들어갔다.

얼마쯤 가자 멀리서 희미한 불빛이 질 쪽으로 다가오는 것이 보였다. 두 개의 긴 광선을 뿜으면서 그 빛은 점점 더 가까워지고 있었다. 빛은 두 개의 눈동자에서 발산되는 것이었다.

질은 갑자기 무서운 생각이 들었다.

"햇빛처럼 빛을 내는 눈동자를 가진 무시무시한 동물이 틀림없어. 분명히 날 잡아먹으려고 오고 있는 거야."

그녀는 집으로 돌아가고 싶은 마음이 굴뚝 같았지만 너무 무서운 나머지 꼼짝도 못하고 그 자리에 얼어붙은 듯 서 있었다. 간신히 정신을 차리고 보니 그것은 짐승이 아니고 난쟁이었다. 난쟁이의 두 눈이 광부들이 이마에 쓰는 램프처럼 환하게 빛을 발하며 주위를 밝혀주고 있었다.

질과 콩나무 153

"이게 뭐야?"

난쟁이가 놀란 듯 외쳤다.

"하늘 요정이 날 만나러 내려왔구나!"

"아니에요. 전 요정이 아니라 여자 인간일 뿐이에요. 침입하려던 것은 아니었어요. 절 해치지 말아주세요. 원하신다면 지금 당장 도로 올라가겠어요."

그러자 난쟁이가 킬킬거리며 웃었다.

"우리 난쟁이들은 인간을 해치지 않아. 장난이라면 또 몰라도 비겁하게 죽이는 짓 따위는 안 해. 그런 건 인간들이나 하는 짓이지. 그건 그렇고 여기까지 왔으니 이 지하세계를 구경해보고 싶지 않니?"

"구경하고 싶어요!"

여전히 두렵긴 했지만 질이 또렷하게 대답했다.

난쟁이는 아주 못생겼고, 거칠고 쉰 듯한 목소리는 가뜩이나 못생긴 얼굴을 더욱 볼품없이 보이게 했다. 질은 낯선 사람은 일단 경계해야 한다던 어머니의 말씀이 문득 생각났다. 난쟁이가 통로 쪽으로 몸을 돌려 길을 비추면서 앞서가고 질은 그의 뒤에 바짝 붙어 따라갔다.

그들은 어두컴컴한 샛길을 몇 번이나 지났다. 오른쪽으로 세 번 왼쪽으로 두 번, 질은 지나온 길을 기억해두었다. 그렇게 얼마를 가자 통로는 두 방향으로 갈라졌다. 오른쪽 방향에서는 노란빛이 흘러나오고 있었다.

난쟁이는 질을 데리고 그 불빛을 따라 거대한 동굴이 내려다보이는 높은 절벽의 암반을 따라 똑바로 걸어갔다. 아래쪽 동굴에서는 용광로 속에서 불꽃이 튀는 것이 마치 거대한 대장간 같아 보였는데 그곳에서 난쟁이들이 바쁘게 일하고 있었다.

"여긴 우리들이 일하는 곳이야. 우린 여기서 하늘 요정들을 위해 일하고 있어."

난쟁이가 말했다.

"너도 알고 있겠지만 난쟁이들의 보물 만드는 솜씨는 누구도 못 따라오지. 세상에서 가장 뛰어난 기술자라고 할 수 있지. 하늘 요정들도 솜씨가 좋지만, 그것은 낮이 되면 눈녹듯 사라져버리는 환영에 불과해. 진짜 왕관, 목걸이, 마법의 지팡이, 황금주전자 같은 건 꿈도 못 꾸는 일이지. 그래서 우리가 도와주고 있는 거야. 요정들의 진짜 보물은 하늘에서 나오는 게 아니라 땅에서 나오는 거야. 진짜 좋은 것은 모두 땅 속 깊은 곳에서 나온다구."

난쟁이는 약간 화가 난 듯 흥분한 목소리여서 질은 그의 신경을 건드리지 않기로 했다.

"당신 말이 옳은 것 같아요."

난쟁이는 질을 다른 동굴로 데려갔다. 동굴 벽은 온갖 종류의 수정이 들어 있는 작은 주머니들로 가득했고 그것들은 천장에서 나오는 희미한 불빛을 받아 반짝이고 있었다.

"여기는 수정 재배실이야. 이 수정들은 다 자란 것들이라 더 이상 출생액으로 목욕을 시켜주지 않아도 되지만 저 열기 때문에 오래 있을 수 없을 거야. 여긴 건조하지만 숙성한 광석의 정령들이 가득하지."
 그런데 난쟁이는 갑자기 말을 멈추고 큰 목소리로 수정 하나에게 말을 걸었다.
 "잘되고 있어, 원석?"
 질은 깜짝 놀랐다. 난쟁이의 질문에 산딸기처럼 빨간 수정이 작지만 또렷한 목소리로 대답하는 것이었다.
 "제 이름은 정삼각형이에요, 난쟁이님. 그런데 먼지 때문에 줄무늬 내는 데 방해가 되고 있어요. 절 좀 씻어주시겠어요?"
 그러자 난쟁이가 몸을 숙여 그 수정을 소매로 닦아주었다.
 그 놀라운 광경에 질은 탄성을 지르지 않을 수 없었다.
 "수정과 말도 할 수 있나요?"
 "물론이지. 말을 걸어주면 더 잘 자라지. 너는 식물한테 잘 크라고 말해주지 않니?"
 "가끔은요. 하지만 꽃들이 대답하는 일은 없어요."
 "보석은 꽃보다 아름다워. 게다가 보석은 꽃처럼 열흘을 못 넘기는 게 아니라 영원하지. 이 수정들은 산보다 나이가 많아. 말을 배우는 데 시간이 많이 걸렸어. 이 보석들은 자기 말을 알아듣는 이에게만 말을 걸지. 이를테면 난쟁이 같은 존재들 말이야."
 "저도 수정과 얘기할 수 있을까요?"
 질이 물었다.
 "한번 해보렴."
 질은 한 번도 무생물에게 말을 걸어본 적이 없었기 때문에 약간

떨렸다.

질은 수정들에게 말했다.

"너희들은 정말 예쁘구나."

"누구예요, 난쟁이님?"

초록색의 사파이어가 약간 신경질적인 말투로 물었다.

"덩치가 엄청 큰 여자네요. 함유물이 너무 많은가 봐요. 몸도 좀 엉성하고 부서지기 쉬울 것 같아요."

"네가 무슨 자격으로 함유물에 대해 말하는 거야?"

근처에 있던 남색 옥이 날카로운 목소리로 말했다.

"너도 그리 완벽하진 못하잖아. 네 초록빛은 노란색이 너무 많이 들어갔어. 내 파란빛을 봐, 얼마나 근사한지."

"잠자코 있어. 남색 옥."

분홍색을 띤 녹색 주석이 말을 가로챘다.

"잘난 체하지 마. 너희들은 너무 흔해빠졌어. 나로 말할 것 같으면 너희들보다 훨씬 귀하고 비싸단 말이야."

"굉장히 우쭐대고들 있군요."

보석들의 대화를 듣고 질이 난쟁이에게 속삭였다.

난쟁이가 어깨를 으쓱해 보이며 말했다.

"돈을 많이 쏟아부어야 하는 것들은 저렇게 우쭐대게 마련이야. 지상에서처럼 이 지하세계도 마찬가지지. 이들을 가지려면 비싼 대가를 치러야 하지만, 그만한 가치가 있지. 무엇보다 보석은 영원하거든. 이들의 아름다움은 절대 사라지지 않아. 그러니 우쭐댈 만하지 않아?"

"그 여자 데리고 다른 데로 가주세요, 난쟁이님."

노란 수정이 툴툴거렸다.

"우리는 저렇게 생명도 짧고 광채도 없는 인간들과는 얘기하고 싶지 않아요. 저 여자의 무식한 비판도 듣고 싶지 않구요."

"그렇게 오래 살았다면 좀더 지혜로워야지."

약간 화가 난 질이 보석들을 향해 말했다.

"너희들 모두 그 쓸데없는 험담과 질투, 무례함을 버려야 해. 대지의 여신처럼 강하고 과묵하며 현명하고 참을성도 있어야 해. 너희들이 진짜 아름다워지려면 관대하고 너그러운 영혼을 갖추어야 한다구."

"그래, 이 아가씨 말이 맞아."

연한 장밋빛을 내는 수정이 힘없이 말했다. 그러자 작고 납작한 루비도 동의했다. 보석들은 질과 난쟁이는 아랑곳하지 않고 자기네들끼리 열띤 토론을 벌였다.

"이런 얘기는 한 번도 들어보지 못했어요. 신기해요. 보석이 말을 하다니, 꿈에도 생각 못했어요."

"지금 바깥 세상에 나가 있는 보석들도 말은 못하지만 들을 순 있지. 그들은 다음 세대를 지배할 종족에게 가르쳐줄 역사를 모으고 있어. 새로운 종족은 실리콘으로 만들어지기 때문에 너희들 인간보다 훨씬 강하고 단단할 거야. 우리 난쟁이들은 그러한 종족을 창조하기 위해 연구 중이야. 우리가 그들의 신이 될 거야."

"그러면 인간들은 어떻게 되죠?"
"물론 인간들은 다 죽겠지. 몇몇 인간들은 스스로 자초한 인류의 대학살에서 가까스로 살아남겠지만, 그들도 곧 기아와 질병으로 멸종하고 말 거야. 인간이란 족속은 신체적으로든 정신적으로든, 이 지구를 지배할 만큼 훌륭하지는 못해."
"아니에요!"
질이 화가 나서 소리쳤다.
"땅 속에서 햇빛도, 풀밭도, 나무도 전혀 보지 못하고 사는 당신들이 어떻게 땅 위의 인간에 대해 그렇게 잘 안다는 거죠?"
"우리는 지상의 구조를 잘 알고 있어."
난쟁이가 엄숙하게 말했다.
"너희 인간들과는 달리 우린 땅을 사랑해. 그게 바로 우리가 미래의 신이 되는 이유지."
"당신도 저 수정들만큼이나 거만하군요."
미래에 대한 난쟁이의 예견에 질은 무서운 생각이 들었다. 화가 난 질은 갑자기 난쟁이를 있는 힘껏 밀어버렸다. 난쟁이는 뒤로 넘어진 채 일어나지 못하고 꿈틀거리기만 했다. 질은 바위에서 빨간 수정 원석을 낚아채서는 재빨리 뛰었다. 수정은 가녀린 목소리로 비명을 지르면서 다른 난쟁이들에게 도움을 청했다.
그러나 난쟁이들은 질을 따라잡기에는 너무 느렸다. 질은 자신이 왔던 길을 기억해내며 샛길 입구를 찾아 필사적으로 뛰었다. 마침내 돌아가는 길을 찾아낸 질은 콩나무 구멍 밑동에 이르자 수정

원석을 주머니에 넣고 오르기 시작했다.

질이 나무를 타고 올라가는 동안에도 수정은 계속해서 찢어질 듯한 작은 목소리로 울부짖었다.

"도둑이야! 도둑이야!"

발 아래서 난쟁이들이 아우성치는 소리가 들려왔다. 그녀는 정신없이 위로 올라갔다. 손이 떨리고 숨이 가빠졌다. 잡고 있던 콩나무를 놓칠 뻔했을 때는 간이 콩알만해지는 것 같았다. 아슬아슬한 모험의 순간이 지나고 지하에서 지상으로 나가는 구멍에 이르렀다. 밖으로 기어나온 질은 어머니 발 앞에 쓰러지며 숨가쁜 소리로 외쳤다.

"엄마, 빨리 콩나무를 잘라야 해요. 어서요!"

"하지만 얘야, 우리에게 먹을 것이라고는 이 콩밖에 없는데."

질을 일으켜 세우며 어머니가 반대를 했다.

"엄마, 절 믿으세요. 저 마술 뿌리 구멍을 막지 않으면 우리 목숨이 위험해요. 지금 당장요!"

그 말에 질의 어머니는 즉시 도끼를 집어들고 콩나무를 찍어 쓰러뜨렸다. 그러자 뿌리가 뻗었던 구멍이 닫히더니 금세 단단한 땅으로 변했다. 질은 주머니에서 이제 아무 말도 하지 않는 수정 원석을 꺼내 어머니에게 보여드렸다.

질의 어머니는 너무 놀라 눈이 휘둥그레졌다.

"이렇게 아름다운 보석은 처음 보는구나. 계란만한 보석이 열두 개씩이나. 여왕님 왕관에 잘 어울리겠다."

"이게 바로 황금알을 낳는 거위인 셈이죠."

질이 말했다.

질과 어머니는 이웃에서 여비를 빌려 수정 원석을 가지고 여왕의 성으로 갔다. 그곳에서 며칠간의 협상 끝에 여왕의 보석 세공사에게 시중의 절반 가격을 받고 팔았다.

집에 돌아온 두 모녀는 헛간이 딸린, 보다 널찍한 오두막을 구해 소 몇 마리를 샀다. 그 후 모녀의 살림은 날로 늘어났고 두 사람은 오래오래 행복하게 살았다. 한편 수정 원석에서 깎아낸 보석은 다시는 말을 하지 못하고 그저 듣기만 할 수 있었다.

# 알라딘과 신기한 램프

이 이야기는 아라비아 고전 동화의 주인공인 알라딘을 여성으로 등장시켜 변형시킨 것이다.
새로 꾸민 이야기에서 여성 알라딘은 램프의 요정 지니에게 무엇을 요구할까?
원래 이야기에서처럼 새 이야기의 알라딘도 지니에게 자신의 소원을 말한다.
그러나 여성 알라딘의 소망은 기존에 우리가 익히 들어온 것과는 다르다.
결국 램프의 요정을 통하여 모든 소망을 이루지만 '누구누구는 오래오래 행복하게 살았다' 더라는 식의 뻔한 결말로 끝나지 않는다. 자신의 행복 속에 다른 사람들의 행복까지도 포함시키는 페미니스트의 입장을 따른 것이다.
새 알라딘 이야기에 담겨진 큰 의미는 개인의 부귀영화나 신분 상승, 권력 획득을 반대하고 있다는 것이다. 전래 동화 속 주인공들은 대개 자신의 행복만을 추구하는 이기적인 모습을 보여주었다.
그러나 새로운 알라딘은 사회적 변화들을 불러일으켰다. 세상을 바꾸는 알라딘의 꿈이야말로 페미니스트들이 이루고 싶은 판타지이기도 하다.

■■■아주 오랜 옛날, 어느 왕국에 강가딘이라는 과부가 있었다. 그녀는 궁궐 뒷골목의 작고 허름한 판잣집에서 외동딸 알라딘과 단둘이 살고 있었다.

강가딘은 밤낮으로 삯바느질을 해가면서 겨우 생계를 이어갔다. 사람들은 그녀를 '삯바느질 어멈 딘'이라고 부르기도 했다.

강가딘은 때때로 멀리 보이는 왕궁의 높다란 성벽을 올려다보면서 불평을 하곤 했다. 임금에게 바치는 세금이 턱없이 높았기 때문이다. 게다가 툭하면 전쟁을 일삼았다. 나라의 관리들은 전쟁에 쓸 재정을 충당하느라 가난한 아낙네와 아이들이 먹을 빵까지 빼앗아 임금과 신하들에게 바쳤다.

"전쟁이란 나라님들이 그저 재미삼아 하는 게임 같은 거란다."

그녀는 알라딘에게 씁쓸하게 말했다.

"백성들의 목숨을 담보로 말이지. 전쟁이란 게임은 사람이 죽거나 부상을 입어야만 진행될 수 있거든."

강가딘뿐만 아니라 모든 사람들이 똑같은 생각을 했다. 백성들은 세금 징수원들과, 그보다 더욱 가혹한 무장 군인들을 경멸하고 두려워했다. 그들은 걸핏하면 새끼돼지나 암탉을 집어갔고, 대대로 내려오는 집안의 가보까지 빼앗아갔다. 뿐만 아니라 여자든 남자든 닥치는 대로 끌고 갔는데 그렇게 끌려간 사람들은 다시는 돌아오지 못했다.

하지만 아무도 드러내놓고 불만을 터트리지 못했다. 누구든지 저항했다가는 그 자리에서 치도곤을 당하거나 목숨을 잃기 십상이었다.

"그놈들은 게걸스러운 독수리 떼보다 더 무자비한 놈들이야."

강가딘은 주위를 살피면서 조심스럽게 말하곤 했다.

"그자들은 물건을 훔치고, 부녀자를 겁탈하고 심지어 사람을 죽여놓고도 눈 하나 깜짝하지 않아. 우리같이 힘없는 사람들은 그저 권력자들의 끝없는 탐욕을 채워주기 위해 존재할 뿐이란다."

알라딘은 날이 갈수록 더욱 예뻐지고 여자 테가 났다. 그런 알라딘을 바라보는 강가딘의 마음은 불안하기 짝이 없었다. 나이가 차오르는 여자들은 특히 군인들의 욕망의 표적이 되기 쉬웠기 때문이다. 그래서 강가딘은 세금 징수원이나 군인이 나타나면 그들의 눈에 띄지 않게 딸을 숨겨야 했다.

알라딘은 낙천적이고 명랑한 아가씨였다. 비록 가난했지만 항상 인생을 즐겁게 살아보려고 노력했다. 그녀는 길거리를 거침없이 활보하고 다니며 장사꾼들을 곯려주기도 하고, 사내아이들과 어울려 공차기놀이도 했다. 그녀는 권위주의적인 것을 딱 질색으로 여겨 그러한 태도와 부딪치면 절대로 물러서지 않았다.

그녀의 어머니는 딸에게 좀 얌전하게 옷을 입고 숙녀다운 품위와 우아함을 갖추라고 간청하곤 했다. 그래야만 부잣집 총각을 만나 모녀가 가난에서 벗어날 수 있을 터였다. 하지만 알라딘은 자신의 말괄량이 같은 성격을 바꾸려고 하지 않았다. 꾸미지 않은 얼굴에 아무렇게나 흘러내린 머리, 초라한 옷차림 때문에 덜 예뻐 보인다고 해도 전혀 개의치 않았다.

어느 날 강가딘의 집에 한 손님이 찾아왔다. 그는 거리의 마법사였는데, 자신은 강가딘의 죽은 남편이 오래 전에 잃어버렸던 동생이라고 주장하는 것이었다. 그 말을 믿은 알라딘의 어머니는 극진히 손님을 대접했다. 그녀는 마지막 한 병 남은 과실주를 따고, 한 마리밖에 남지 않은 씨암탉까지 잡아 저녁상을 차렸다.

밥을 먹으면서 알라딘의 얼굴을 찬찬히 살펴본 마법사는 남루한 옷 속에 감춰진 그녀의 아름다움을 한눈에 알아보았다. 비록 꾸미지 않은 얼굴이었지만 생기가 넘쳤고 눈은 영리하게 빛났다. 그는 알라딘을 가장 부유한 사교계의 여자로 만들어주겠노라고 장담했다. 그렇게 되면 알라딘은 공작이나 왕자 같은 지체 높은 귀족과 결혼할 수 있을 것이라고 말하는 것이었다.

그 말을 들은 강가딘은 손뼉을 치며 기뻐했다.

"애야, 네가 공작 부인이나 왕자비가 될 수 있다니!"

그녀는 마법사를 보며 말했다.

"이건 신의 축복임에 틀림없어요. 부디 이 아이가 사교계에 진출할 수 있도록 교육시켜주십시오. 세상에, 이 아이는 지금 아무것도 아는 게 없는 철부지랍니다."

"하지만 엄마, 난 사교계 여자 따위는 되고 싶지 않아요."

알라딘이 거세게 반발했다.

"애야, 현실을 무시해서는 안 된다."

그녀의 어머니는 알라딘을 달랬다.

"지금 우리 형편을 생각해보렴. 이건 네 인생 최고의 기회란다. 그것은 돈과 권력의 세계로 들어갈 수 있는 기회나 다름없어. 그런 기회는 다시 오지 않아. 명심해라. 오직 출세만이 우리를 못살게 구는 몰인정한 인간들 보란 듯이 떵떵거리며 살 수 있는 길이란다. 그렇게만 된다면 너도 좋은 일을 더 많이 할 수 있지 않겠니? 게다가 여기 네 삼촌이 너를 책임지고 교육시켜주시겠다고 하지 않니? 이런 좋은 기회를 놓치다니. 알라딘, 잘 생각해보렴."

"난 그렇게 생각하지 않아요."

알라딘은 투덜거렸다. 그녀는 삼촌이라는 사람이 하는 말을 믿을 수 없었다. 손님이 어머니의 환심을 사기 위해 터무니없는 얘기를 하고 있는 거라고 여겼다. 왠지 손님의 태도가 미덥지 않았기 때문이었다.

"한번 상상해보렴."

그녀의 어머니는 당장에라도 부자가 될 것처럼 잔뜩 꿈에 부풀어 말했다.

"언젠가 우리도 저 왕궁에서 살게 될지 몰라. 그러면 저 높은 발코니에서 낡아빠진 이 판잣집을 내려다보면서 살게 되는 거라구. 너는 정말 아름다워, 알라딘. 너만한 얼굴이라면 충분히 상류사회에 진출하고말고."

뾰로통해진 알라딘은 머리를 떨군 채 엄지손톱만 물어뜯었다.

"오늘밤은 이만 하기로 하지요."

마법사가 싱글거리며 말했다.

"내일 아침에 이 아이를 지체 높은 귀부인에게 데리고 가서 견습 생활을 시킬 작정입니다. 자, 그럼 오늘은 이만 쉬는 게 좋겠습니다."

강가딘은 손님에게 침대를 내주고, 자신은 방바닥에 얇은 요를 깔고 잤다. 그녀는 대부분의 남자들처럼 이 마법사 역시 여자들이 시중을 들고 몸을 바치는 것을 좋아할 거라고 단정했다. 당시 그것은 손님 접대의 하나에 속했다. 친척인 경우에는 특히 그랬다. 하지만 마법사는 아무것도 요구하지 않고 그냥 잠자리에 들었다.

알라딘은 잠을 이루지 못했다. 그녀는 한참 동안 일어나 앉아서 화롯불을 바라보며 생각에 잠겼다. 아무래도 마법사가 자신을 데리고 가기 전에 달아나야겠다고 생각했다. 하지만 그녀는 가난하고 순박한 어머니를 무척 사랑했다. 어머니에게 결코 걱정을 끼치고 싶지 않았다. 그래서 일단 마법사와 같이 가서 상황을 본 뒤 기회를 만들기로 마음을 바꾸었다.

아침이 되자 알라딘은 초라한 짐 보따리 하나를 들고 마법사와 함께 집을 떠났다. 그들은 멀리 보이는 산을 향해 걸었다. 주위에 보이는 것이라고는 온통 바위와 황무지뿐이었다. 귀부인이 살 만한 인가라고는 눈을 씻고 찾아봐도 없었다.

"얼마나 더 가야 하죠, 삼촌?"

알라딘이 지친 목소리로 물었다.

"거의 다 왔다."

그가 믿으라는 듯 말했지만 그녀는 도무지 믿을 수가 없었다.

그들은 곧 암석으로 둘러싸인 계곡으로 들어섰다. 그곳에서 마법사는 짐꾸러미를 풀어 삽을 꺼내더니 자갈밭을 파기 시작했다. 그리고는 화강암 돌판에 달린 쇠고리 하나를 찾아내더니 알라딘에게 명령했다.

"저 고리를 잡아당겨라."

그가 시키는 대로 고리를 잡아당기자 돌판이 서서히 움직이더니 지하로 이어지는 돌계단이 드러났다.

"저 계단을 내려가면 동굴이 나올 게다. 그러면 동굴로 들어가야 한다."

마법사가 다시 그녀에게 명령했다.

"한 가지 명심할 게 있다. 동굴 안 통로를 지나갈 때 아무것도 만져서는 안 돼. 만약 손끝 하나라도 닿으면 죽을 수도 있다. 커다란 동굴 끝에 이르면 벽면 선반에 싸구려 황동램프가 하나 놓여 있을 게다. 그 램프를 가져오너라. 다른 것은 절대로 만지지 마라."

그는 준비한 양초에 불을 붙여주고는 그녀를 동굴 안쪽으로 떠밀었다.

알라딘은 망설이지 않고 돌계단을 내려갔다. 마치 무슨 모험을 하고 있는 것 같았다. 컴컴한 동굴 속을 걸어가자니 무섭기도 하고 호기심도 생겼다. 동굴 안을 좀더 자세히 살펴보기 위해 촛불을 들어올렸다. 동굴 안은 소복하게 먼지가 앉은 나무상자와 서랍장들로 가득했다. 사람이 오랫동안 드나들지 않았던 듯 황량했다. 그녀가 걸음을 옮길 때마다 마루 바닥에 쌓여 있던 먼지들이 발 주위에서 풀썩거렸다.

돌계단 안쪽으로는 좁다란 통로가 나 있었고, 그 통로는 연달아 다른 방들과 이어져 있었다. 방들은 갈수록 넓어졌고 방마다 나무 상자가 가득 놓여 있었다.

알라딘은 상자 쪽으로 몸을 숙여 촛불을 비췄다. 상자 중 하나가 열려 있는 것이 눈에 띄었다. 호기심이 발동한 알라딘은 상자 안을 들여다보았다. 상자에는 금구슬, 금컵, 금팔찌, 커다란 보석이 달린 반지와 목걸이, 그리고 온통 값진 보석과 귀금속으로 장식된 갑옷 같은 보물들이 눈이 부시게 가득 담겨 있었다. 마법사의 말대로 동굴의 한쪽 끝 벽면 선반에는 싸구려 황동램프가 놓여 있었다. 그것은 형편없이 낡고 오래된 램프였다.

알라딘은 마법사가 왜 그토록 값나가는 보물들을 제쳐놓고 이렇게 보잘 것 없는 황동램프 하나만 갖고 오라고 했는지 이해할 수 없었다. 그리고 자신이 직접 할 수 있을 터인데 이 일을 왜 자기에게 시켰는지 의문이 생겼다. 아무리 생각해도 풀 수 없는 수수께끼처럼 답이 떠오르지 않았다.

알라딘은 램프를 들고 자신이 들어온 입구를 쳐다보았다. 그런데 어느새 입구는 약간의 틈만 남겨놓고 커다란 화강암으로 거의 덮여 있었다. 그 틈으로 마법사의 얼굴이 겨우 보였다.

"시간이 오래 걸렸구나."

그가 투덜대며 말했다.

"얘야, 어서 서둘러라. 먼저 그 램프를 나한테 건네다오. 그러면

이 돌을 치우고 너를 빼내주마."

"삼촌, 먼저 날 꺼내주세요. 그러면 램프를 드릴게요."

알라딘이 미심쩍은 듯 말했다.

그 말에 화가 난 마법사가 먼저 램프부터 건네달라며 온갖 욕설을 퍼부어댔다. 알라딘은 얼른 램프를 뒤로 감추었다. 마법사의 본색이 드러나기 시작하자 더욱 램프를 넘겨줄 수 없었다. 마법사는 팔을 뻗어 휘저었지만 손이 안 닿자 막대기로 구멍을 휘저으며 그녀를 잡으려고 했다.

"왜, 직접 내려와 보시지요, 삼촌? 이 동굴에 무슨 비밀이라도 숨겨져 있나요?"

마법사는 아무리 그녀를 달래고 협박해봤자 소용이 없다는 것을 깨달았는지 큰소리로 이렇게 외쳤다.

"멍청한 계집애 같으니라구! 그래 계속 해봐라. 그 안에서 혼자 실컷 재미보라구. 영원히!"

그 말과 함께 마법사는 입구를 완전히 막아버렸다. 육중한 바위의 둔탁한 소리와 함께 밖에서 흘러 들어오던 한 줄기 빛마저 사라져버렸다. 갑자기 주위가 조용해졌고 알라딘은 무덤 같은 적막 속에 혼자 남겨졌다.

그녀는 계단 위로 올라가 입구를 막고 있는 바위를 움직여보려고 했지만 허사였다. 동굴 밖에 있는 마술 고리의 도움 없이는 꼼짝도 할 수 없었다. 결국 그녀는 포기하고 노래도 부르고 혼자 중얼거리기도 하면서 시간을 보냈다. 마법사가 화가 좀 가라앉으면

이 어두운 지하 감옥과 같은 동굴에서 꺼내줄 것이라고 생각했다.
시간이 꽤 지났지만 아무런 기척도 들려오지 않았다. 알라딘은 조금씩 기운이 떨어지기 시작했다. 그녀는 가짜 삼촌이 자신을 버려두고 가버렸음을 비로소 깨달은 것이다.
절망에 휩싸인 알라딘은 램프를 손에 쥔 채 소리내어 울기 시작했다. 뺨을 타고 흘러내린 눈물이 램프에 떨어졌다. 그러자 램프의 표면에 묻어 있던 얼룩이 조금씩 벗겨지는 것이었다. 그녀가 무심코 얼룩진 램프의 표면을 문질러 벗겨내자 램프가 반질반질해졌다.
그때였다. 갑자기 램프에서 연기가 뭉게뭉게 피어오르더니 뭔가 나타나는 것이 아닌가! 그것은 거대한 몸집에 풍성한 실크바지를 입은 지니였다! 그는 벗겨진 머리에 둥글고 커다란 귀고리를 하고 있었다.
"휴! 이제야 살겠다!"
램프에서 튀어나온 지니가 소리쳤다.
알라딘은 너무나 놀란 나머지 온몸이 굳어버리는 것 같았다.
"나는 이백 년 동안이나 저 램프 속에 웅크리고 있었어. 이젠 누군가 날 발견할 때가 되었다고 생각했지. 자, 꼬마 주인 아씨. 당신은 램프의 주인님이 되셨습니다. 명령만 내려주십시오. 주인님의 소원이라면 무엇이든지 들어드리겠습니다."
"내 소원은 지금 당장 이 동굴에서 밖으로 빠져나가는 거야."
알라딘은 기다렸다는 듯이 서둘러 대답했다.
"소원을 들어드리죠. 주인님."

지니는 그녀를 두 팔로 들어올리더니 신기하게도 두껍고 컴컴한 물질을 통과하여 동굴을 막고 있던 바위 위에 그녀를 내려놓았다. 주위를 둘러보니 사방은 어스름하게 어둠이 깔리고, 바위 사이로는 쌀쌀한 바람이 불어오고 있었다. 하지만 마법사는 흔적도 보이지 않았다.

"배가 너무 고픈걸. 먹을 것과 마실 것이 있었으면 좋겠어."

알라딘의 말이 끝남과 동시에 지니가 손가락을 '탁탁' 튀기자 그녀의 발치에 아름다운 융단이 깔리고 커다란 식탁이 나타나더니 그 위에 여러 가지 풍성한 과일과 포도주, 아름다운 무늬가 새겨진 포도주 잔이 놓이고 산해진미가 펼쳐졌다. 알라딘은 정말로 그 낡은 황동램프가 말만 하면 무엇이든지 들어주는 요술램프라는 것을 알았다. 알라딘은 배가 터지도록 먹고 나서 지니에게 이젠 집으로 데려다달라고 명령했다.

"하지만 보물은 어떡하구요, 주인님?"

지니가 알라딘의 얼굴을 살피며 호기심 어린 목소리로 물었다.

"황금과 보석을 가지고 싶지 않다구요? 주인님은 굉장한 부자가 되고 멋진 인생을 보낼 수 있을 텐데요?"

"아니야! 난 그렇게 생각하지 않아."

알라딘은 그 보물이 함정일지도 모른다고 생각했다.

"난 보물에 대해서 아무것도 아는 게 없어. 가짜 삼촌이 절대 만지지 말라고 했는데 그 말만큼은 맞는 것 같아."

"주인님은 참 현명한 아가씨로군요. 사실, 저 보물들은 많은 사람들이 피 흘린 대가로 얻어진 것입니다. 보물은 그것을 소유한 사람에게 순간적인 만족을 줄 뿐 그 이상은 어떤 것도 주지 못하죠. 만약 보물에 손을 댔다면 영원히 동굴 속에 갇히게 됐을 겁니다. 저 동굴은 맑은 영혼을 가진 사람만이 온전하게 살아나올 수 있답니다. 삼촌이라는 사람이 감히 들어가지 못하고 주인님만 내려보낸 것도 그런 이유 때문이지요."

지니는 말을 마치고 손가락을 탁, 하고 퉁겼다. 순식간에 탁자 위에 남아 있던 그릇과 음식 찌꺼기가 깨끗하게 치워졌다. 지니는 융단 위에 램프와 함께 알라딘을 태웠다. 알라딘은 연달아 놀랍고 신기해서 숨을 몰아쉬었다. 융단이 땅 위에서 떠오르더니 엄청난 속도로 밤하늘을 가르며 날았다. 알라딘의 집 앞에 이르자 융단은 땅 위로 사뿐히 내려앉았다.

"주인님, 다 왔습니다. 그럼 이제 진짜 기적을 보여드릴까요? 오랫동안 제대로 실력 발휘를 하지 못했거든요. 아주 근사한 방이 오십 개 딸린 하얀 대리석 궁전에 시르카시아 지방의 노예 백 명, 경주마가 가득한 마구간, 그리고 온통 다이아몬드로 장식한 드레스는 어떻습니까? 진짜 부유한 귀족이 되고 싶지 않으십니까? 아니면 왕자비는 어떨까요?"

"난 왕자비 같은 건 되고 싶지 않아요. 그리고 귀족들도 영 맘에 들지 않는다구요. 그 사람들은 자기밖에 몰라요. 오직 자신들의 쾌락과 사치를 위해 가난한 사람들을 억압하고 착취할 뿐이죠."

알라딘은 천천히 고개를 흔들며 말했다.

"나 원, 세상물정을 도통 모르시네. 그런 성인군자 같은 생각으로 뭘 하게요? 전에 모셨던 주인님들은 한결같이 왕궁이나 노예, 아니면 귀족들이 누리는 특권 같은 것들을 원했었는데."

"난 보다 쓸모 있는 것을 원해요. 우선 전쟁을 없애버리고 싶어요. 이 나라는 물론 주변 국가들에 있는 무기들을 모조리 사라지게 해주세요. 그렇게 되면 사람들이 더 이상 싸우거나 다른 사람을 위협하고 괴롭히지 못하게 될 거예요."

지니는 놀란 눈으로 대답했다.

"난 그런 일에는 익숙하지 않아요. 이전의 주인들은 항상 적을 죽이거나 그들을 충실한 사냥개처럼 만들어주길 원했죠. 평화는 내 전공이 아니라구요."

"그래요? 당신에게 그럴 능력이 없다면……."

"그런 식으로 말하지 마세요. 꼬마 주인님! 이 몸은 램프의 요정 지니란 말입니다. 난 뭐든지 할 수 있어요."

지니는 두 주먹을 불끈 쥐고 눈을 질끈 감았다 뜨면서 부드득 소리가 날 정도로 이빨을 갈며 입술에 힘을 주었다.

"자, 다 됐습니다. 주인님의 괴상망측한 다음 명령은 뭔가요?"

"세금 징수원들을 모두 양으로 변하게 하고 그들의 호위병들은 양치기 개로 바꿔버려요!"

지니는 다시 잔뜩 힘을 쓰는 표정을 지었다.

"명령을 수행했습니다."

"다음은 귀족들의 보석을 모조리 빵덩어리로 바꿔서 가난한 사람들에게 나눠줘요!"
지니는 이번에도 아무 말 없이 명령을 수행했다.
"할 일이 또 있어요. 모든 궁전과 판잣집을 평범하고 안락한 중간 크기의 집으로 비슷하게 바꿔줘요. 모든 사람이 공평하게 살도록 말이에요!"
"주인님께서는 이 불쌍한 지니에게 세상을 몽땅 바꾸라고 명령하고 있습니다. 그건 너무 무지막지한 일이에요."
지니가 투덜거렸다.
"그래? 할 수 없지. 능력이 안 되면."
"무슨 말씀입니까? 그런 식으로 나를 모욕하지 말아달라고 분명히 말씀드렸을 텐데요?"
지니가 소리쳤다.
"난 뭐든지 할 수 있습니다."
지니는 그 말과 함께 입술을 더욱 굳게 다물고 힘을 주었다. 어찌나 힘을 쓰는지 그의 눈알이 튀어나올 지경이었다. 헉헉대는 숨소리가 들려왔고 얼굴은 붉으락푸르락해졌다. 알라딘의 눈앞에서 기적이 일어나 모든 것을 바꿔놓고 있었다. 자신이 살던 초라한 판잣집이 꽃이 만발한 정원과 아담한 담장이 딸린 화사하고 하얀 집으로 변했다. 골목길에 늘어선 이웃의 판잣집들도 차례차례 변하고 있었다. 그뿐만이 아니었다. 임금이 사는 궁전과 높이 솟은 성벽이 갑자기 작아지더니 눈앞에서 사라져버리는 것이었다.
지니는 일을 마치자 숨을 헐떡이며 땅바닥에 쓰러지고 말았다.

"이제는 정말 기운이 없어요."

그가 겨우 말을 이었다.

"주인님 때문에 마지막 남은 힘까지 모두 써버렸어요. 한동안은 아무것도 할 수가 없을 거예요. 주인님, 제겐 더 이상 남아 있는 마술이 없으니 이만 물러가겠습니다."

"그래, 정말 고마워. 잘 가."

지니는 천천히 램프 속으로 자기 몸을 집어넣었다. 지니가 사라진 램프 속에서 목소리가 들려왔다.

"원하시는 게 있으시면, 그냥 램프를 문지르기만 하세요."

다음날 아침 나라 안은 대혼란이 일어났다. 임금과 귀족들은 궁전과 보석들이 모두 사라져버린 것을 알고 얼굴이 새파랗게 질렸다. 그들은 군대를 소집하고선 고래고래 소리를 질러댔다. 하지만 무기 비슷한 것이라곤 삼지창과 갈고리와 곡괭이뿐이었다. 임금과 귀족들은 혼란을 틈타 백성들이 혁명이라도 일으키지 않을까 겁에 질렸다. 또 과거에 침략한 적이 있었던 주변 국가들이 연합해서 쳐들어오지는 않을까 두려웠다. 하지만 곧 주변국에서도 무기가 모두 사라져버렸다는 사실을 알고는 마음을 놓았다. 차츰 시간이 지나자 군 지휘관들은 할 일이 없어져서 다른 일을 찾아 나서야 했다.

백성들은 이 뜻밖의 변화에 무척 놀랐지만 곧 평정을 되찾고 기쁨의 노래를 불렀다. 자연히 지배층에 대한 분노가 누그러지면서 혁명에 대한 우려도 사라졌다. 평민들은 빈털터리가 된 귀족들에게 따뜻한 도움의 손길을 내밀어 밭을 경작하는 법과 분수에 맞게 재산을 관리하는 법을 가르쳐주었다. 사람들 사이에는 빈부 차이도 상하 계급도 사라졌다.

알라딘과 그녀의 어머니는 이웃사람들로부터 존경을 받았다. 강가딘은 더 이상 밤낮으로 바느질을 하지 않아도 되었다. 그녀는 이제 하루 여덟 시간만 일하고도 예전보다 훨씬 편하게 살아갈 수 있었다. 뿐만 아니라 시간적 여유가 생긴 덕분에 디자인과 창조성을 불어넣어 일을 즐길 수 있게 되었다. 한편 알라딘은 예전에 공작이었던 남자가 운영하는 목장에서 일했다. 후에 그녀는 목장주의 아들과 결혼해서 오래오래 행복하게 살았다.

왕국에 사는 모든 사람들이 행복하게 살았는데, 지니만이 예외였다. 나라를 통째로 바꾸어놓느라고 너무 많은 힘을 써버렸기 때문이다. 그에게는 더 이상 새로운 궁전을 만들 기력도 남아 있지 않았다. 그는 이제 아이들의 생일파티에 불려가서 모자에서 비둘기를 꺼내는 마술을 보여주며 놀아주는 것이 고작이었다.

가끔은 사람들에게 자신이 왕년에 했던 일들을 자랑하지만 아무도 그 말을 믿으려 하지 않았다. 결국 지니는 정년 퇴직 후 램프 속으로 들어가 그 불빛으로 어두운 세상을 밝혀주는 것에 만족하며 살아야 했다.

# 늑대 여인

늑대를 숭배하는 행위는 유럽이 기독교를 받아들이기 이전으로 거슬러올라간다.
당시 일부 부족들이 늑대를 신성한 토템으로 숭배했던 행위는 사람들의 성(姓)에도 남아 있다.
(한 예로 요즘도 영국인들의 이름에서 '울프' 라는 성을 흔히 찾아볼 수 있다.)
그들은 늑대 가죽으로 만든 옷을 입고 늑대 춤을 추는 의식을 통해 자기 자신을 동물의
영혼으로 변형시키고자 했다. 신들의 아버지 제우스 리케이우스가 늑대의 형상을 취하고 있는 것도
같은 의미로 해석할 수 있다.
그러나 중세 기독교는 늑대 숭배 사상을 악마를 숭배하는 행위로 치부했고 이는 늑대혐오주의나
늑대인간 사상 따위를 낳았다. 이는 전래 동화에도 고스란히 영향을 미쳐 늑대는 악의 상징으로
등장하곤 했고, 사람들은 무서운 늑대의 이미지를 갖게 되었다. 여기에는 늑대를 관찰한 결과라기보다
금방이라도 달려들듯 무섭게 생긴 개에 대해 어린 시절에 품었던 막연한 공포심도 한몫 했다.
그러나 오래 전 늑대를 숭배했던 사람들은 지금 우리가 혐오하게 된 늑대의 특성을
오히려 좋아했을지도 모른다. 그래서 변신의 의식을 통해 늑대의 예민한 후각과 청각,
날쌔고 강인한 힘을 가질 수 있으리라고 믿었을 것이다.

■■■ 옛날 아주 오랜 옛날 가난한 홀아비가 작은 농장의 허름한 오두막에서 루파라는 딸과 함께 살고 있었다. 농장은 자갈들로 가득 차서 비옥하지 못했고 거둬들이는 것이 적어서 먹을 끼니도 충분하지 않았다. 두 사람이 의지할 수 있는 유일한 영양 공급원은 이들이 기르고 있는 소 한 마리뿐이었다. 소는 가난한 이 부녀에게 우유와 버터, 치즈를 제공했다.

이 홀아비에게 한 가지 기쁨이 있다면, 그것은 딸이 커가는 모습을 지켜보는 것이었다. 루파는 마음씨가 고운 데다 총명해서 그는 딸을 몹시 자랑스럽게 여겼다. 그런데 어느 날 이들 부녀에게 뜻밖의 불행이 닥쳐왔다. 소가 시름시름 앓더니 그만 죽어버리고 만 것이다. 소 한 마리에 의지하여 겨우 끼니를 이어가던 홀아비는 하늘이 무너지는 것 같았다. 그에겐 새로 소를 살 돈은 고사하고 달걀을 낳아줄 암탉 한 마리 살 여유조차 없었다. 우유도 버터도 치즈도 다 떨어지자 홀아비와 루파는 죽은 소의 고기를 먹고 지냈다. 하지만 고기마저 다 떨어지고 나자 남은 것이라고는 파종할 씨앗뿐이었다.

홀아비는 어쩔 수 없이 아내의 유품을 꺼냈다. 이웃에 소문이 자자할 정도로 바느질 솜씨가 뛰어났던 아내는 죽기 전에 아름다운 수직 벽걸이 몇 점을 남겼다. 홀아비는 딸을 불러 슬픈 표정으로 말했다.

"네 엄마를 잊지 않기 위해 영원히 간직해두려고 했는데 이제는 이것마저 내다팔아야겠다. 나는 내일 파종을 해야 하니까 너는 이 것을 시장에 가져가 좋은 값에 팔아서 오너라."
　다음날 아침 일찍 루파는 수직 벽걸이들을 둘둘 말아 겨드랑이에 끼고 집을 나섰다. 시장은 읍내에 있었는데 몇십 리를 가야 하는 먼길이었다. 해가 떨어지기 전에 다녀와야 했기 때문에 그녀는 부지런히 종종걸음을 쳤다. 그런데 갑자기 천둥번개가 치는가 싶더니 소나기가 무섭게 퍼붓기 시작했다. 너무 갑작스럽게 퍼붓는 비라 루파는 미처 피하지 못하고 빗속을 헤매다가 그만 온몸이 비에 흠뻑 젖고 말았다.
　얼마 후 비가 그치고 하늘이 맑게 개자 루파는 빗물이 뚝뚝 떨어지고 있는 벽걸이를 말리기 위해 펼쳤다. 벽걸이를 본 순간 루파는 깜짝 놀라고 말았다. 벽걸이는 빗물에 번져 온통 얼룩투성이가 되어버린 것이다.
　허탈감과 절망감에 루파는 그 자리에 주저앉아 엉엉 울었다. 벽걸이를 망쳤으니 시장에 내다팔 수도 없게 된 데다 무엇보다 어머니가 손수 만드신 유품을 망가뜨렸다는 생각이 그녀를 더욱 슬프게 했다. 아버지가 이 사실을 알면 얼마나 슬퍼하실까.
　한참을 울고 난 루파는 그래도 일단 시장에 가보기로 결심했다. 아쉬운 대로 천이라도 팔 수 있지 않을까 하는 희망에서였다. 그것도 안 되면 집에 가져갈 동전 몇 개나 빵조각이라도 얻어야겠다고 생각했다.
　다시 발길을 옮겨 울창한 숲을 지날 때 늑대의 울음소리가 들렸다. 그리 멀지 않은 곳에서 들리는 그 소리는 신음소리 같기도 했다. 그것은 마치 그녀의 슬픈 마음을 대신 표현하고 있는 듯했다. 루파는 잠시 두려움도 잊고 소리가 나는 쪽을 향해 조심스럽게 발길을 옮겼다.

노란 눈을 가진 커다란 잿빛 늑대 한 마리가 보였다. 늑대는 오른쪽 앞다리가 덫에 걸린 채 고통스럽게 울부짖고 있었다.

"저런, 불쌍한 늑대, 내가 도와줄까?"

루파가 말했다.

"제발 이 덫에서 날 꺼내주세요."

늑대가 애원하듯 대답했다.

"집에 아이들이 있어요. 내가 없으면 그애들은 죽고 말 거예요."

루파는 단단한 막대를 하나 집어 덫의 고리를 열어젖힌 뒤 늑대의 다리를 꺼내주었다. 그리고는 자신의 속치마 천을 찢어서 늑대의 상처난 다리를 동여매주었다.

"고마운 아가씨에게 어떻게 보답해야 할까요?"

루파가 상처를 치료해주는 동안 참을성 있게 버티고 서 있던 늑대가 말했다.

"고맙지만 내 처지는 너무 불행해서 아무도 날 도와줄 수 없답니다."

루파는 소의 갑작스런 죽음부터 방금 전 비 때문에 엉망이 되어버린 수직 벽걸이 이야기까지 자신의 처지를 늑대에게 모두 들려주었다.

"시장에 가던 일은 신경 쓰지 마세요. 모두 잘될 거예요. 걱정 말고 집으로 가세요."

이 말을 남기고 늑대는 붕대로 감은 다리를 절뚝거리며 숲 속으로 사라졌다. 영문을 몰라 어리둥절해하면서도, 인간의 말을 할 줄 아는 신비한 늑대라면 믿어도 좋을 거라고 생각하며 루파는 벽걸이를 땅에 묻어버렸다. 엉망이 된 벽걸이를 차마 아버지에게 보여드릴 수는 없었다.

빈손으로 집에 돌아온 루파는 수직 벽걸이를 판 돈을 돌아오는 길에 강도를 만나 모두 빼앗겨버렸다고 둘러댔다. 하루 종일 쉬지 않고 일을 한 아버지와 루파는 몹시 배가 고팠다. 하지만 먹을 것이라곤 풀뿌리 몇 개와 씨앗 몇 알이 전부였다. 꼬르륵거리는 배를 움켜쥐고 두 사람은 간신히 잠이 들었다. 그날 밤 이들 부녀는 꿈결인 듯 늑대의 울음소리를 들었다.

아침이 되었지만 너무 피곤해 일어날 수가 없었던 루파는 놀란 아버지의 외침 소리에 벌떡 일어났다.

"여기 좀 봐라! 여기 문 앞에."

아버지는 너무 흥분한 나머지 떨리는 목소리로 문 앞을 가리켰다. 거기에는 방금 잡은 사슴고기 덩어리가 놓여 있었다. 사슴고기는 마치 물어뜯어 온 듯 가장자리가 너덜거렸다. 두 부녀는 이 뜻밖의 횡재 덕분에 처음으로 근사한 아침식사를 할 수 있었다.

그런데 다음날 아침 왕의 근위병들이 들이닥쳤다. 근위대장은 칼자루로 문을 쾅쾅 치며 호령했다.

"문을 열어라. 어명이다. 이 못된 밀렵꾼들아!"
영문을 모르는 두 부녀는 두려움에 떨었다. 루파의 아버지는 떨리는 손으로 문을 열며 기어들어가는 목소리로 말했다.
"밀렵꾼이라니오. 천만의 말씀입니다. 전 그저 가난한 농사꾼에 지나지 않습니다. 사람을 잘못 찾아오셨습니다."
"감히 왕궁의 숲에 사는 왕의 사슴을 밀렵하다니!"
근위대장이 큰소리로 호령했다.
"부인해도 소용없다. 우리는 이 핏자국을 따라 네 집 문 앞까지 따라온 것이다."
오두막 안으로 들어온 근위대들은 벽난로 옆에 걸려 있던 사슴고기를 쉽게 찾아냈다. 근위대장은 보란 듯이 회심의 미소를 지으며 소리쳤다.
"이들을 당장 체포하라!"
루파와 아버지가 아무리 항변해도 소용이 없었다. 두 사람의 말을 믿는 사람은 아무도 없었다. 결국 두 사람은 왕이 사는 성으로 끌려가 재판을 받게 되었다.
감옥에서 불안한 하룻밤을 보낸 후, 다음날 아침 두 사람은 왕과 왕비 앞으로 끌려가 무릎을 꿇렸다. 왕의 주위에는 신하들이 둘러서 있었고, 왕비 옆자리 요람에는 쌍둥이 아기 왕자가 누워 있었다. 금테가 둘러진 검정 벨벳 옷을 입은 거대한 몸집의 관리가 두 부녀의 범죄 행위를 낭독하면서 증거를 제시하고 있었다.
루파의 아버지는 왕에게 무죄를 호소했다. 사슴고기는 누군가가 밤 사이에 놓고 간 것이라고 몇 번이나 간곡하게 설명했지만 왕은 듣는 둥 마는 둥 했다. 계속 얘기해봐야 아무 소용도 없음을 깨달은 루파의 아버지는 절망감에 빠져 얼굴까지 붉어졌다. 그러나 단 한 사람, 왕비만은 그 사건에 흥미가 있는 듯 부녀를 주의 깊게 쳐다보고 있었다. 그 바람에 루파의 눈과 왕비의 눈이 마주쳤다. 노랗게 광채를 띠고 있는 왕비의 눈에는 무언지 모를 비범함이 엿보였다.

"폐하, 이 두 사람에게 아무 처벌도 내리지 말아주세요."

왕비가 부드러운 목소리로 말했다.

"이들을 제 하인으로 삼겠습니다."

"밀렵은 사형감이라는 걸 모르시오?"

그러나 왕비는 다시 한 번 아무도 감히 반대할 수 없게 강력한 어조로 말하고는 그들을 자신의 궁으로 데려가도록 근위병에게 지시했다.

루파와 그녀의 아버지는 왕비의 궁으로 옮겨졌다. 근위병들의 감시를 받으며 대기하고 있을 때 왕비가 방 안으로 들어섰다. 왕비는 두 사람을 묶고 있는 포승줄을 풀어주도록 명령하고는 근위병들을 물러가게 했다. 부녀는 땅에 엎드려 자비를 베풀어준 왕비에게 몇 번이나 머리를 조아리며 감사했다.

"내가 자비를 베푼 것이 아니오. 나는 그저 양심에 따라 빚을 갚은 것뿐이오. 내가 보답한다고 한 것이 도리어 여러분을 난처하게 만든 것입니다. 마땅히 할 일을 했을 뿐이지요."

"무슨 말씀이신지요."
루파가 머뭇거리며 말했다.
"이것을 알아보겠소?"
왕비가 오른쪽 소매를 걷어올리자 붕대가 감겨 있는 팔이 드러났다. 붕대에는 아직도 피가 약간 배어 있었다. 그런데 붕대를 찬찬히 보니 그것은 며칠 전 늑대의 상처를 치료해주느라 찢은 루파의 속치마 천이었다. 루파는 깜짝 놀랐다.
"그럼, 왕비님이 그 늑대?"
"쉿! 절대 비밀로 해야 합니다."
왕비가 엄하게 말했다.
"루파, 그대는 이제부터 내 시중을 들도록 하고 그대의 아버지는 왕실 정원사가 되어주세요. 보수도 넉넉하고 먹을 것도 충분할 것입니다. 이젠 더 이상 가난하게 살지 않아도 됩니다."
루파와 그녀의 아버지는 기쁨의 눈물을 글썽이며 왕비의 손에 입을 맞추었다. 그날부터 이들 부녀는 성안에 있는 저택에서 살게 되었으므로 그들의 초라한 오두막에 돌아가지 않아도 되었다. 루파는 여러 해 동안 왕비의 시중을 들며 성실하게 일했고, 아버지 역시 정원을 정성 들여 가꾼 공을 인정받아 수석 토지관리인 자리에까지 오르게 되었다.
훗날 루파는 오래 전 땅에 묻어버렸던 어머니의 수직 벽걸이를 찾아내 싸구려 염료를 씻어내고 왕실 최고의 대가들에게 복제해 달라고 부탁했다. 그것은 후에 루파인 태피스트리(여기서 루파인

Lupine은 원래 늑대를 뜻하는 라틴어 Lupus에서 파생된 단어다. 루파라는 이름도 아마 이 단어에서 유래한 것으로 보인다.—옮긴이)로 널리 알려지게 되었다. 세월이 지난 후에도 사람들은 여전히 그 수직 벽걸이를 보물로 귀하게 여겨 지금은 국립박물관에 소장되어 있다.

사람들은 그믐날 밤이면 루파와 그녀의 아버지가 이상한 모습으로 변하여 늑대들과 숲 속을 달린다고 수군거렸다. 그리고 그들 옆에는 항상 한 마리 늑대가 함께 했는데, 그 늑대는 노란 눈빛에 오른쪽 앞다리에 흉터가 있다는 것이다.

퀘스타 공주

동화나 문학 작품 속에서 모험은 남성들의 전유물이었다. 동화에서 멋진 왕자들은 아름다운 공주를 구출하기 위해서 모험을 떠난다. 그리스 신화에서는 영웅 테세우스가 아버지 아이게우스를 찾아 떠나고, 중세 기사들은 성배를 찾아 떠난다. 수많은 영웅들에게 있어서 모험은 자기와의 싸움이며 삶에 대한 도전을 의미했다. 하지만 여성들에게 모험의 세계는 좀처럼 문을 열어주지 않았다. 모험은커녕 성에 갇혀 살거나 마법에 걸려 백 년 동안이나 잠을 자야 했던 신세가 아니었던가. 나는 퀘스타 공주의 모험을 통해 새로운 여성의 이미지를 창조하고 싶었다. 퀘스타 공주는 아버지나 남편의 종속물이 아닌 독립된 존재로서의 자아를 찾아 떠나는 여성이다. 즉 퀘스타 공주의 모험은 자기 정체성 추구(quest)의 여정이다. 모험과 시련 끝에 퀘스타는 '자신은 오직 자기 스스로 돌봐야 한다'는 뼈아픈 교훈을 얻는다. 이는 남성에게는 당연한 것이었으나 여성에게는 수정되어 적용되는 이중의 잣대였다. 동시에 그것은 현모양처의 이데올로기를 벗어버리겠다는 선언이나 다름없다. 대모 요정이 퀘스타에게 선물한 별 모양의 조개껍데기는 여성을 상징하는 것으로, 그들의 탄생과 재생, 그리고 인생의 여러 가지 시련을 통과하기 위한 관문을 의미하고 있다.

▪▪▪ 아주 오랜 옛날 퀘스타라는 어린 공주가 있었다. 불행하게도 퀘스타가 겨우 열 살이 넘었을 때 그녀의 어머니는 병으로 돌아가셨다. 왕비가 병이 들자 왕은 온 나라를 뒤져 용하다는 의원들을 다 불러들였지만 소용이 없었다.

왕비가 세상을 떠나자 왕은 왕비의 병을 고치려고 모여든 현명한 여인(wisewoman, 중세시대에는 마녀, 여자 점술가를 의미했고, 산파나 조산원을 뜻하기도 했다.―옮긴이)들을 모두 성 밖으로 추방시켜버렸다. 그 후 왕은 퀘스타 공주마저 돌보지 않고 외면한 채 오로지 자신의 권력과 왕국의 팽창에만 집착했다. 이웃 왕국과 전쟁을 벌여 영토를 확장하고 직언을 하는 대신들을 가차없이 숙청했다. 왕비가 죽은 지 일 년도 채 안 되어 잔인한 폭군으로 변해버린 왕은 점점 미쳐가는 것 같았다. 공주의 존재도 안중에 없었기 때문에 공주가 아버지를 볼 수 있는 날도 거의 없었다. 예전의 다정했던 아버지 모습을 떠올리면 너무나 슬픈 일이었다.

신하들은 왕의 심기가 불편해지면 끔찍한 벌이 내려지기 일쑤여서 오로지 왕의 비위를 맞추는 데만 급급했다.

퀘스타는 이미 공주가 아니었다. 그녀를 돌보아주던 하녀들은 모두 해고되었고, 눈부시게 아름답던 드레스는 이젠 너덜거리는 거렁뱅이 옷이 되어버렸다. 왕은 공주가 즐겨 타던 백마저 빼앗아 아첨꾼 기사에게 주어버렸다. 심지어 공주에게 기사들을 위해 식사 시중을 들도록 강요했다. 불쌍한 퀘스타 공주는 이제 하녀나 다름없는 신세로 전락하고 말았다.

무엇보다 퀘스타 공주를 비참하게 하는 것은 불한당 같은 기사들의 무례한 행동이었다. 그들은 그녀의 머리카락을 잡아당기고 치맛자락을 들치는가 하면 온갖 천박한 농담을 던졌다. 특히 역겨운 남자는 왕의 호위대장이었다. 그는 공주를 자기 노리갯감으로 삼으리라고 떠벌리고 다니면서 치근덕거렸다.

퀘스타 공주는 주방의 허드렛일이 끝나면 성을 빠져나와 어릴 적부터 좋아했던 숲으로 가곤 했다. 요정들이 나타난다고 하는 그곳은 잔가지들을 커튼처럼 늘어뜨린 버드나무로 둘러싸인 이끼 낀 구릉이었다. 구릉 한복판에는 커다란 나무가 우뚝 서 있었고, 오래전 어떤 부족이 신성시했다는 신비한 힘을 가진 돌이 있었다. 사람들은 마법의 돌이라고 하면서 가까이 가지 않았지만 공주는 전혀 두려움을 느끼지 않았다. 오히려 햇볕으로 따뜻해진 돌에 기대어 앉아 있으면 그것이 자신을 든든히 지탱해주는 것 같아 편안하고 좋았다.

그러던 어느 날, 숲 속의 돌에 기대어 쉬고 있던 퀘스타 공주는 그날 따라 희망도 없고 의지할 곳도 없는 자신의 처지가 처량하게 여겨져 하염없이 울고 있었다.

그때 어디선가 바스락거리는 소리가 들렸다. 눈물을 닦고 소리 나는 곳으로 고개를 돌려보니 하늘하늘한 은빛 가운을 입은 아름다운 여인이 그녀 앞에 나타났다.

"왜 울고 있나요?"

"너무 슬퍼서요. 어머니는 돌아가시고 아버지는 폭군이 되어 나를 하녀처럼 취급하세요. 남자들은 나를 희롱하고, 아마 아버지는 제일 난폭하고 천박한 기사에게 나를 주고 말 거예요. 전쟁터에서 적장의 목을 벤 보상으로 말이에요."

"그렇다면 달아나야겠군요."

여인은 입가에 미소를 지으며 말했다. 그러나 한번도 성 밖에 나가본 적이 없는 퀘스타 공주는 두려운 마음이 들 뿐이었다.

"하지만 제가 거처할 곳이라고는 성뿐인걸요."

퀘스타 공주가 고개를 가로저으며 대답했다.

"내게는 갈 데가 없어요. 가진 것도 없구요. 방랑자처럼 여기저기 방황하다 결국은 굶어죽고 말 거예요."

"두려워하지 마세요. 당신은 세 가지 시련을 거쳐야 할 운명이랍니다. 당신은 지금 첫 번째 시련을 맞고 있는 거예요. 이제 당신이 움직일 때가 됐어요."

여인은 은빛 옷자락에서 어린아이 주먹만한 물건 하나를 꺼내 퀘스타의 손에 쥐어주었다. 그것은 둥글고 윤이 나는 별 모양의 조개였다. 조개의 앞부분은 마치 작은 치아를 훤히 드러내며 싱글거리고 있는 것 같았다.

"이것이 당신을 보호해줄 거예요. 조개에 귀를 기울이면 바다의 소리가 당신이 갈 길을 안내해줄 겁니다."

여인의 말대로 퀘스타가 조개껍데기를 귀에 갖다대자 멀리 바다의 속삭임이 들려왔다.

"그러면 바닷가로 가야 하나요?"

퀘스타 공주가 물었다. 여인은 아무 대답도 하지 않고 미소를 지으며 공주의 이마를 살며시 쓰다듬어주었다. 그러자 여인의 모습이 점점 희미해지면서 뿌연 안개 속으로 빨려들어가듯 사라졌다.

'요정나라 여왕님이 나를 도와주시는 게 틀림없어. 그래서 직접 나타나신 거야. 난 그분의 말씀을 따르겠어.'

퀘스타 공주는 혼자 중얼거렸다.

그날 뜬눈으로 지새운 퀘스타 공주는 다음날 밤 몇 벌의 남루한 옷가지와 부엌에서 가져온 음식과 칼을 싼 다음, 누군가 벗어놓은 외투를 훔쳐 입고 몰래 성을 빠져나갔다.

보름달이 길을 밝혀주었다. 그녀는 있는 힘을 다해 뛰었다. 그리고는 깊은 숲 속에 이르러서야 천천히 가쁜 숨을 가다듬었다. 밤새 바닷가를 향해 걷고 또 걸었다. 동이 틀 무렵이 되어서야 그녀는 너른 들판에 쌓아놓은 건초더미 위에 누워 눈을 붙였다.

그렇게 며칠 밤을 걸었다. 낮에는 지나가는 행인들의 눈을 피해 숨어 지냈고, 저녁에는 마을의 불 켜진 집을 피해 걸었다. 그녀의 발은 온통 물집이 생기고 피가 맺혀 거칠어졌다. 먹을 것이 다 떨어지자 그녀는 과수원이나 양계장을 지날 때면 과일과 달걀을 훔치고, 농장지기가 졸고 있으면 그 틈을 타 저장 식품을 훔쳤다. 고되고 지친 유랑 생활이 계속되었다. 여행길이 가르쳐준 것도 없지 않아서 그녀는 조심스럽게 행동하는 것을 배우고 지혜를 얻었다. 그러나 너무나 고독한 시간들이었고, 때때로 누군가의 밀고로 아버지에게 다시 끌려갈 것 같은 두려움이 엄습했다.
외롭고 두려운 시간을 견디며 어느덧 바닷가에 다다랐다. 그녀는 조개껍데기에 가만히 귀를 기울였다.
"여기…… 여기, 여기예요."
그녀는 바닷가에 서 있는 어선에 기대어 조개껍데기가 하는 말을 듣다가 스르르 잠이 들었다.
그렇게 얼마나 지났을까? 누군가 그녀의 어깨를 흔들었다. 놀라 눈을 떠보니 어깨에 밧줄 타래를 짊어지고 손에는 닻을 든 곱슬머리의 젊고 잘생긴 남자가 서 있었다.
"당신은 지금 내 배 위에서 잠을 자고 있소. 난 지금 고기를 잡으러 가야 하오. 자려거든 집에 가서 자요."
"난 집이 없어요."
퀘스타는 대답할 기운조차 없었다.
"어디서 왔소?"
"저기, 멀리 내륙지방 어디쯤인데. 잘 모르겠어요."
"아는 게 하나도 없군. 좋아, 어쩌면 쓸모가 있을지도 모르겠어. 그물 손질은 잘하오? 그물을 손질해야 하는데, 일손이 달린단 말야."
젊은 어부가 혼잣말처럼 퉁명스럽게 말했다.
"예, 줄을 꿰매고 엮는 건 할 수 있어요."
"좋아, 그럼 솜씨 좀 보자구."
그는 배에서 그물을 꺼내 모래 위에 펼쳐놓았다.
"내가 집에 돌아왔을 때 그물 손질이 잘되어 있으면 바다에서 잡은 생선으로 근사한 저녁식사를 차려주지."

젊은 어부는 퀘스타에게 여기저기 끊어진 그물을 손질하게 놔두고는 수평선을 향해 노를 저으며 사라져갔다. 오랜 여행에 지쳐 있었고 태양이 뜨거웠지만 그녀는 하루 종일 정성을 다해 일했다. 해 질 무렵이 되자 손가락이 뻣뻣해졌고 서서히 배고픔과 갈증이 몰려왔다. 그러면서도 조금씩 활력이 생기는 것을 느꼈다.

어부는 작은 그물에 물고기를 가득 잡아 돌아왔다. 그는 퀘스타의 그물 손질 솜씨에 흡족해하면서 고기를 더 많이 잡을 수 있는 큰 그물이 있어야겠다고 말했다. 그리고는 약속한 대로 그녀를 모래 언덕 위에 있는 작은 오두막으로 데려가서 싱싱한 생선과 호밀빵, 사과 푸딩이 있는 근사한 저녁식사를 차려주었다. 오랫동안 끼니를 굶은 퀘스타는 차려진 음식들을 보자 허겁지겁 먹어댔다. 어부가 그녀를 쳐다보며 물었다.

"하루 종일 굶었나 보군."

"네."

퀘스타는 마지막 남은 푸딩을 입에 물고 대답했다.

"집이 없다면 여기서 나와 함께 지내도 좋소. 나는 당신에게 먹을 것과 잠잘 곳을 제공할 테니 당신은 집안 일과 그물 손질을 하고 내 이부자리를 따뜻하게 해놓을 수 있겠소?"

개구쟁이처럼 싱글거리며 그가 말했다. 그의 양쪽 뺨에는 보조개가 생기고 두 눈은 매혹적으로 반짝거렸다.

"당신은 못생기지는 않았어, 안 그래?"

그가 웃음을 머금은 채 다시 말했다. 퀘스타는 어쩐지 그에게 마음이 끌렸다.
"당신도 못생기지는 않았어요. 아마 오래 머물지는 않을 거예요."
젊은 어부와 함께 살게 된 퀘스타는 곧 자신이 이 남자를 사랑한다고 확신하게 되었다. 이들은 어느새 같이 있는 것만으로도 즐겁고 행복한 부부가 되었다. 퀘스타는 성안에서라면 이런 행복은 맛보지 못했을 거라고 생각했다.
하지만 퀘스타의 행복은 오래 가지 못했다. 예년에 없던 가을 태풍이 거세게 불어닥쳐 어장을 망쳐놓았던 것이다. 어부가 바다에 나가 있는 시간은 점점 길어졌지만 생선 몇 마리 정도 잡아오는 게 고작이었다. 먹을 물고기도 점점 적어지고 그만큼 내다팔 것도 적어졌다. 그러나 세금 징수원은 늘 하던 대로 뇌물을 달라고 정기적으로 찾아왔고, 흉년이라고 해서 덜 가져가는 법은 없었다. 퀘스타와 어부는 이들의 요구를 들어주기 위해 살림살이마저 내다팔기 시작했다. 오두막은 점점 더 초라해져 갔다.
'내가 탐욕스런 아버지 대신 왕위에 있다면 가난한 백성들에게 더 많은 자비를 베풀 텐데.'
젊은 어부는 더 이상 그녀를 보며 웃지 않았고, 말을 걸지도 않았다. 그에게선 모든 즐거움이 사라져버린 듯했다. 그는 열심히 일했지만 빚은 점점 늘어났다. 보다 못한 그녀가 어부 일을 포기하고 다른 일을 해보라고 권유하자 그는 펄쩍 뛰며 화를 내더니 급기야는 그녀의 뺨을 '찰싹' 소리가 나게 때렸다. 자신의 아버지처럼 그리고 아버지의 아버지처럼 자신 역시 과거에도 어부였고 앞으로도 어부일 것이라고 그는 못박듯 말했다.

시간이 지나면서 그는 더욱 난폭해지고 침울해져 갔다. 그녀를 때리는 일도 잦아졌다. 그녀가 자신의 일에 저주를 내렸다고 비난하면서 재수없는 년이라고 몰아세웠다.

"말도 안 돼요."

그녀는 거세게 항의했다.

"당신이 곤경에 처한 건 부패하고 무능한 왕과 정부 때문이라는 것을 왜 모르세요?"

하지만 어부는 염치없이 뇌물을 바라는 세금 징수원에게는 큰소리 한번 치지 못하면서 그가 가고 나면 그녀에게 분풀이를 했다. 그녀의 삶에는 다시 불안과 공포가 찾아왔다.

그녀는 어느덧 어부에게 맞지 않기 위해서 하루하루 고기가 많이 잡히기만을 바라는 노예 신세가 되고 말았다.

때때로 어부가 바다에 나가고 없을 때 그녀는 차가운 겨울 바람이 부는 모래 언덕을 걸으면서 눈물로 자신의 신세를 한탄했다. 어느 날 아침 안개가 자욱한 해변가에서 그녀는 은빛 나래옷을 걸친 여인을 다시 만났다.

"왜 울고 있나요?"

여인이 물었다.

"아, 난 전보다 더욱 비참해졌어요. 지금 나는 동정심이나 예의라고는 눈곱만큼도 없는 남자의 노예 신세랍니다. 그이는 삶이 자신을 좌절시킬 때마다 날 학대해요. 내 신세가 이보다 더 비참할 수 있을까요?"
"그렇다면 당신은 다시 떠나야겠군요."
"이 겨울에 거리신세가 되라구요? 얼어죽지 않으면 굶어죽을 거예요."
"당신의 운명을 믿으세요. 당신의 조개껍데기에 귀를 기울이세요. 지금이 두 번째 시련입니다."
이 말을 남기고 여인은 다시 안개 속으로 사라졌다. 퀘스타는 오두막으로 돌아와 조개껍데기에 귀를 기울였다. 그러자 조개가 속삭이는 소리가 들렸다.
"남쪽, 남쪽…… 남쪽으로 떠나요."
그녀는 어부가 바다에 나간 틈을 타 옷가지와 칼, 비상 식량, 비상금 그리고 좋은 장화 한 켤레를 챙겨 해안선을 따라 남쪽으로 향했다. 다행히 날씨가 그다지 춥지 않아 빈 헛간이나 가축의 우리, 목동의 오두막 같은 데서 쉴 곳을 마련할 수 있었다.
그렇게 한참을 떠돌던 그녀는 커다란 배들이 정박해 있는 어느 항구에 도착했다. 그곳은 많은 사람들로 붐볐다. 그녀는 지친 몸을 이끌고 강기슭에 있는 여인숙으로 갔다. 그곳에는 따뜻한 화로와 맛있는 음식 냄새가 참을 수 없을 정도로 그녀를 유혹했다.
여인숙 주인이 그녀의 초라한 행색을 보고는 퉁명스럽게 말했다.
"거지는 못 들어와!"
"난 거지가 아니에요. 돈도 있어요."

그녀가 동전 몇 개를 내보이자 주인 남자는 툴툴거리며 안으로 안내했다. 그가 내놓은 빵 한 조각과 알맞게 데워진 걸쭉한 수프 한 접시는 지상의 어떤 식사보다도 더 달콤하게 느껴졌다. 식사를 마치고 그녀는 여인숙 주인에게 혹시 일꾼을 구하는 곳이 없겠느냐고 물었다.

"일을 하고 싶다고? 우리 집에 여자 하인이 필요하긴 한데, 일당은 동전 한 닢, 숙소 제공에 뜨거운 수프는 마음대로 먹을 수 있어. 하지만 힘든 일도 가리지 않고 해야 하는데, 할 수 있겠소?"

주인 남자가 그녀의 행색을 살피며 말을 꺼냈다. 퀘스타는 아무리 힘든 일도 할 수 있다고 자신 있게 말했고 그렇게 해서 여인숙 일자리를 얻게 되었다. 그녀에게는 앞치마와 빗자루 그리고 처마 밑의 작은 다락방이 주어졌다. 그해 겨울 내내 그녀는 손님 시중을 들고, 이부자리를 정리하고, 방 청소를 했다. 걸레질이며 빨래, 설거지, 요리 거들기, 잔심부름 등이 모두 그녀의 몫이었다. 그녀는 하루하루를 정신없이 보냈다. 한때나마 고왔던 그녀의 손은 동상으로 트고 거칠어졌다.

매일 밤 일이 끝나면 그녀는 파김치가 되어 좁다란 침대에 쓰러져 잠이 들곤 했다. 하지만 자신이 독립했다는 사실이 뿌듯했다. 남자들이 종종 그녀의 환심을 사기 위해 자기한테 시집오면 팔자를 고칠 수 있다고 꼬드겼지만 뿌리쳤다. 그녀는 혼자 있고 싶었다.

살랑대는 봄바람에 꽃내음이 향긋하게 퍼지는 어느 날 저녁, 젊은 남자가 여인숙에 나타났다. 그는 음악가였는데, 퀘스타 공주는 그에게 호감을 가졌다. 그는 기타를 연주하며 손님들에게 달콤하고 애절한 가락의 노래를 들려주었다. 그의 노래를 듣기 위해 멀리서도 손님이 찾아왔다. 여인숙 주인은 장사가 잘되자 음악가에게 계속 머물면서 연주를 해달라고 부탁했다. 음악가도 주인 남자의 청을 받아들였고 그는 퀘스타 공주가 묵고 있는 방 바로 아래층에 머물게 되었다. 밤마다 연습을 하는 음악가의 노래와 기타 소리가 그녀의 침실에까지 조용히 들려왔다.

그녀는 음악가가 언제나 웃음을 잃지 않는 점잖고 편안한 남자라고 생각했다. 그에게 자꾸 마음이 끌렸다. 이렇듯 부드러운 남자라면 옛날의 어부처럼 난폭한 짐승으로 돌변하지는 않을 터였다.

음악가에 대한 그녀의 호의는 날이 갈수록 눈에 띄었다. 그의 옷을 깨끗이 세탁해주고 신발을 닦아놓기도 했다. 가끔 양말을 기워주고, 맛있는 음식을 몰래 갖다주었다. 그녀는 그를 사랑한다고 확신했고 그를 위해서라면 무엇이든 다해주고 싶었다.

그래서 어느 날 음악가가 떠나겠다고 했을 때 그녀도 음악가를 따라나섰다. 그들은 새처럼 자유롭게 이 도시에서 저 도시로 돌아다니며 돈을 벌었다. 낮에는 결혼식장이나 생일 파티장, 마을 축제 등 어느 곳에서든 함께 공연을 하고, 밤에는 여인숙이나 농가, 마을 공회당 같은 데 묵었다.

음악가 덕분에 그녀의 생활은 다시 활기를 띠었다. 그녀는 더할 나위 없이 행복하다고 느끼면서 점차 음악가가 아무 일도 하지 않고 그저 노래와 술로 시간을 보내도, 그를 찾아온 손님과 몇 시간이고 황당한 얘기를 늘어놓고 있어도, 그래서 그녀 혼자서 집안일을 모두 해야 했을 때도 괜찮다고 생각했다.

그러나 시간이 지날수록 그의 무위도식하는 생활이 눈에 거슬리기 시작했고 짜증났다. 그는 성질이 고약한 사람은 아니었지만 게으르고 우유부단했고, 술에 취해 있을 때가 많아서 약속을 어길 때가 많았다. 그러자 그에 대한 소문도 나빠져서 사람들은 그를 신뢰하지 않았다. 그의 연주도 예전 같지 않아서 차츰 빈자리들이 늘어갔다.

상황이 나빠지자 퀘스타는 더욱 할 일이 많아졌다. 옷을 만들고, 가계부를 정리하고, 연주가 있는 날이면 손수 사람들을 불러모았다. 그가 너무 취해서 연주를 할 수 없을 때는 일일이 찾아가 대신 사과했다. 때로는 그녀 혼자서 쇼를 진행해야 할 때도 있었다. 당연히 그를 보러 왔던 관객들은 잔뜩 실망하여 돌아갔다. 더욱이 왕이 전쟁을 준비하느라 세금을 더 많이 걷어갔기 때문에 서민들의 생활이 점점 더 어려워졌다. 사람들은 음악 따위에 돈을 쓰는 일은 낭비라고 여기게 되었고 자연히 그들의 수입은 줄어만 갔다.

퀘스타는 어떻게든 음악가가 술을 멀리하고 일을 하게 하려고 애썼지만 허사였다. 그는 그저 부드러운 미소를 짓고 입을 맞춘 뒤 술집으로 향할 뿐이었다. 두 사람이 번 돈의 대부분이 술값으로 나갔다. 갈수록 걱정이 태산이었다. 더구나 그녀는 곧 어머니가 될 터였다. 게으른 음악가에게는 한 아이의 아버지가 된다는 것도 아무런 영향을 미치지 못하는 듯했다.

그는 매일 술에 취해 있었고 취중에 아들이 태어났다는 전갈을 받았다. 그는 아이와 잘 놀아주고 자장가도 잘 불러주었지만 부모로서의 책임감은 전혀 느끼지 않았다. 퀘스타가 아이를 키우느라 더 이상 음악가의 일을 돌봐줄 수 없게 되자 청중도 줄어들었다. 그래도 음악가는 천하 태평이었다. 그는 그렇게 허송세월을 보냈다.

결국 그들은 음악가를 더 이상 환영하지 않는 한 마을 어귀에 천막을 치고 살아야 했다. 하지만 그의 술버릇은 여전해서 그녀와 아이를 내팽개쳐둔 채 술집을 들락거렸다. 그녀는 아이를 들쳐업고 추운 거리로 나가 지나가는 사람들에게 구걸하기도 하고, 추위를 이겨내기 위해 쉬지 않고 몸을 움직여야만 했다.

어느 날 그녀는 설움에 겨워 포대기에 싼 아이를 안고 길가에 주저앉아 울음을 터트렸다. 그렇게 한참을 울다 고개를 들어보니 눈앞에 은빛 가운을 걸친 여인이 서 있었다.

"왜 울고 있지요?"

여인이 물었다.

"전 동전 한푼 없는 거지가 됐어요. 그이는 점잖고 다정했어요. 하지만 너무나 무책임해요. 더 이상은 이렇게 살 수 없어요."

"그렇다면 그 사람을 떠나야 하겠군요."

"하지만 집도 없고 먹을 것도 없는 알거지 신세인데 어떻게 아이를 키우며 먹고살죠?"

그녀가 절망에 찬 표정으로 대답했다.

"비록 천막이지만 지금은 머리를 가려줄 지붕이라도 있어요."

"당신은 세 번째 시련을 거친 겁니다. 이제 당신은 자신이 공주라는 사실을 기억할 때가 되었습니다. 당신은 그 동안 산전수전 다 겪으며 백성들이 어떻게 살고 있는지, 백성들이 얼마나 전쟁과 수탈에 시달리고 있는지 알았을 겁니다. 이제는 사람들에게 달콤한 노래를 들려주는 대신 그들이 알아야 할 진실들을 말해야 합니다."

여인은 이 말을 남기고 금세 어디론가 사라져버렸다.

퀘스타 공주는 천막으로 돌아와 별 모양의 조개에 귀를 기울였다. 그러자 조개가 조용히 속삭였다.

"말해, 말해, 말해야 돼."

조개의 속삭임을 들은 그녀는 다시 얼마 안 되는 짐을 꾸려 이웃 도시를 향해 길을 떠났다. 그곳 한 광장에서 그녀는 그 동안 익힌 노래와 연주로 사람들의 발길을 붙들었다. 그리고 퀘스타 공주는 군중 앞으로 나아가 연설을 하기 시작했다. 그녀는 사람들에게 자신이 누구이며 사람들이 왜 가난하게 살아야 하는지, 어떻게 나라를 다스려야 하는지에 대해 말했다. 그녀의 연설은 카리스마가 넘쳤고 사람들의 마음을 사로잡았다. 군중들은 환호했다.

며칠 후 남루한 행색 속에서도 위엄이 넘치는 한 풍채 좋은 남자가 그녀를 찾아왔다. 그는 혁명을 일으킬 만반의 준비가 다 되었다고, 다만 왕위를 물려받을 합법적인 후계자가 없어 기회를 기다리고 있는 중이라며 그녀에게 자신들의 우두머리가 되어줄 것을 제안했다.

퀘스타는 그 제안에 흔쾌히 동의했다. 그녀는 전국 각지의 다양

한 계층으로 이루어진 시민군의 수장이 되어 평화와 평등을 추구하는 민중정부 수립의 비전을 제시했다. 시민군의 깃발은 왕실의 상징인 파랑색 바탕에 황금빛 별조개를 그려넣은 것으로 정했다. 소문은 삽시간에 퍼져나갔고 많은 군중들이 시민군의 깃발 아래 모여들었다.

그 즈음 왕은 병으로 몸져누워서 더 이상 국사를 맡을 수 없는 상황이었다. 그렇게 되자 왕의 밑에 있던 기사들은 서로 왕위를 차지하려고 정쟁을 일삼았다. 국정은 뒷전으로 밀려나고 권력은 더욱 부패하여 민심이 흉흉했다. 나라에 등을 돌린 백성들은 가족들의 남은 삶을 보장받는 길은 정권을 갈아엎고 새로 바꾸는 것이라고 생각했고, 그것을 이루어줄 희망으로 퀘스타의 부대에 속속들이 합류했다.

마침내 사기충전한 시민군들이 왕의 성으로 행진했을 때 궁궐에서는 왕이 임종을 맞고 있었다. 성안에 있던 기사들은 지평선 양쪽 끝까지 가득 메운 시민군을 보고 혼비백산했다. 기사들은 자신들이 저지른 잔혹한 약탈 행위에 대한 시민군들의 보복을 두려워하며 비밀 문을 통해 성을 빠져나갔다. 간혹 시민군들에 대항해 싸운 기사들도 있었지만 역부족이었다.

마침내 승리를 거둔 퀘스타 공주는 성으로 들어가 임종 직전의 아버지와 마주했다. 그녀를 알아본 왕은 그녀가 이 나라의 후계자라고 선언했다. 퀘스타 공주는 왕에게 어린 손자를 보여주었다. 늙은 왕은 그 아이가 그녀의 뒤를 이어 통치할 것이라는 생각에 안심했다.

퀘스타 공주는 두 번의 왕위 즉위식을 가졌다. 한 번은 관례대로 성안에서 화려한 대관식을 가졌고, 또 한 번은 자신의 운명을 준비시켰던 숲 속에서 야생화로 엮어 만든 화관을 쓰고 거행했다.

왕위에 오른 퀘스타는 그녀가 약속했던 개혁안을 하나하나 실천에 옮겼다. 그녀는 호전적인 기사들에게도 자비를 베풀어 그들의 땅과 성을 몰수하는 대신 정직하게 일할 수 있는 일터를 제공했다. 그녀는 또한 여자와 아이들을 때리는 남자들을 교육시키기 위한 특수 학교를 세웠다. 폭력을 휘두르는 남자들은 못된 습관이 완전히 없어질 때까지 의무적으로 교육을 받아야 했으며, 그래도 순응하지 못하면 엄중한 처벌을 가해 의식을 개혁시켰다.

퀘스타 여왕은 백성들로부터 많은 사랑을 받았다. 그녀는 여러 해 동안 나라를 잘 통치했고 어린 왕자도 훌륭한 교육을 받으며 장성했다. 그녀는 더 이상 남편을 얻지 않았고 그 후로도 오래오래 행복하게 살았다.

바비인형

불가사의한 몸매를 자랑하는 바비인형은 20세기 아름다움의 신화가 만들어낸 환상이다.
긴 금발, 잘록한 허리, 터질 듯한 가슴, 쭉 뻗은 다리, 기다란 속눈썹. 어릴 때부터 바비인형의 옷을
벗기고 입히며 놀았던 소녀들은 성인이 되어서도 여전히 바비를 동경하며 자신의 몸에 대해
불만족스러워한다. 이처럼 바비인형의 도달할 수 없는 아름다움은 소녀들로 하여금
식욕 부진이나 거식증을 불러왔고 자신을 비하하도록 만들었던 것이다.
바비는 또한 남성들에 섹스어필하는 존재다. 동시에 바비는 옷장은 꽉 찼으나 머리가 텅 빈,
아름답지만 심성이 곱지 않은 여성의 상징으로 많은 사람들의 공격 대상이 되기도 한다.
여러 가지 나쁜 평판에도 불구하고 바비는 세계에서 가장 잘 팔리는 인형이다.
바비가 소녀의 꿈을 부추겼다면 군인 인형 조는, 군사적 공격 야욕을 멈출 줄 모르는 남성상을 대변한다.
이런 점에서 널리 유행하는 인형들은 우리 시대의 자화상이며, 아이들의 친구이면서
은밀하게 이데올로기를 퍼뜨리는 역할을 한다.

어느 장난감 가게에는 밤이 되면 잠에서 깨어난 듯 살아나는 인형들이 있었다. 그 인형들은 어둠이 깔리면 포장 상자를 열고 나와 한바탕 밤의 향연을 벌이고는 새벽 먼동이 터오면 다시 상자 속으로 들어갔다. 이것은 오래 전 미키마우스라는 이름을 가진 한 천재인형이 가르쳐준 것이었다. 가끔 가게에 인형을 사러온 아이들은 상자가 약간 닳아 있는 것을 알아차렸지만 어른들은 거의 신경을 쓰지 않았다.

기저귀에 쉬를 해놓고 울기만 하며 너무나도 심심해하는 아기 인형을 빼고 이 장난감 가게에서 가장 인기 있는 것은 바비인형이었다. 인간으로 치면 스무 살쯤 된 아가씨 모습이었으며, 그녀가 입고 있는 옷 역시 스무 살짜리 아가씨들이 좋아함직한 차림이었다.

바비는 패션 모델, 인기가수, 우주비행사, 치어리더, 간호사, 해변의 미녀, 공주, 쇼걸, 예술가, 발레리나, 영화배우, 이상적인 연인, 가장행렬의 여왕, 체조선수, 미인대회의 최고 여왕이었고 국적만 해도 최소한 열일곱 개는 되었다. 그녀는 또 장난감 가게에서 가장 부유한 층에 속했고 사회적 신분도 제일 높았다. 그만큼 바비는 그 어떤 인형보다 옷이 많았다.

사람들은 바비를 흠모했지만 바비는 어른 아이 할 것 없이 모든 인간들을 경멸했다. 자신의 완벽한 몸매를 따라올 인간이 아무도 없었기 때문이다. 그녀의 눈에 인간들의 허리는 너무 굵고, 가슴은 너무 작거나 처져 있으며, 엉덩이는 괴물처럼 큼직했다.

바비는 인간들이 아무리 갈망해도 결코 다다를 수 없는 몸매를 마음껏 과시하곤 했다. 그런 바비 앞에서 인간들은 자신의 외모를 형편없다고 여기기 시작했다. 그것은 바비의 콧대를 더욱 높여주었다. 바비는 촌스러운 소녀에게 팔려가기보다 내내 이 가게에서 여왕으로 군림하고 싶었다.

바비에겐 자신과 몸매가 아주 흡사한 몇몇 여자친구와 켄달이라는 이름의 남자친구가 있었다. 켄달의 임무는 인형들이 살아 움직이는 밤이 되었을 때 바비를 보좌하는 것이었다. 그것 말고는 아무 일도 하지 않는 그는 언제나 턱시도나 수영복, 민족의상 또는 무대의상만 입었다. 그 역시 자기를 갖기 위해 열심히 돈을 모으고 절약하는 인간들을 경멸했다. 바비와 마찬가지로 켄달도 거드름 피우기를 좋아하는 인형이었다.

어느 날 밤 바비는 진열대에서 조라는 새로운 남자 인형을 만나게 되었다. 조 일병은 여자 인형들에게 전혀 관심이 없었다. 그의 관심사는 오로지 군복, 헬멧, 총, 수류탄, 대전차 폭탄, 그밖의 갖가지 전투용품들이었다. 그는 적진을 폭파하고 적을 죽이는 것을 좋아했다. 가장행렬이나 파티, 패션쇼, 그밖에 바비인형이나 켄달이 집착하는 문명의 잡동사니들에 대해서는 아는 것도 없고 관심도 없었다. 그는 폭력적인 것을 좋아해서 늘 전시상황 속에서 살았다.

언제부터인가 바비는 점점 조 일병에게 매료되고 있었다. 그녀가 조에게 반하게 된 가장 큰 이유는 단 하나, 그가 바비의 매력에 전혀 관심을 갖지 않는다는 것이었다. 항상 남자 인형들의 눈길을 끌어왔던 바비에게 조 일병의 무관심은 그야말로 신선한 충격이었다. 그녀는 조 일병의 그러한 태도가 자신의 매력에 대한 도전이라고 생각했다. 게다가 그에게는 귀여운 면도 있었다. 그러나 켄달은 조를 못마땅하게 여겼다.
"그는 너보다 키도 작아. 몸집은 집채만한데 말이야."
켄달이 비웃듯이 말했다.
"게다가 그는 우리와는 다른 족속이야. 아마 춤도 못 출걸. 네가 원숭이처럼 생긴 그 놈과 데이트하는 것을 보면 네 친구들이 이상하게 생각하지 않겠어?"
"원숭이라니 좀 심했다."
바비가 생각에 잠겨 말했다.
"섹시하잖아. 그와 함께 있으면 뭔가 특별한 일이 생길 것 같아. 이제까지 경험해보지 못한……."
"색다를 수도 있겠지. 하지만 장담하건대, 넌 그런 일들을 좋아하지 않을 거야."
켄달이 퉁명스럽게 말했다. 켄달은 바비가 다른 남자에게 그렇게 진지한 관심을 보인 적이 없었기 때문에 질투심이 치솟았다.
"조 일병은 무례한 하층계급인 데다 무식한 군인일 뿐이야. 배운 게 있어야지. 정말이야. 내 말을 믿으라구."
"그럼, 난 널 믿어, 켄달."
그녀가 긴 속눈썹을 만지작거리며 말했다. 진짜 나일론으로 만들어진 속눈썹은 그녀의 매력 중에서도 단연 최고였다.

"하지만 새로운 부류의 사람들을 만나서 세상을 경험하는 것이 인생의 즐거움 아니겠어?"

"오직 경험의 폭을 넓히고 싶은 거라면 그렇긴 하지."

켄달이 더 이상 못 참겠다는 듯 바비의 말을 가로챘다. 그러나 이들의 이런 언쟁은 자주 있는 일이 아니었다. 바비는 언제나 켄달의 말을 일방적으로 무시하곤 했다.

얼마 후 바비는 켄달의 반대를 무시하고 조 일병과 사귀기 시작했다. 그녀는 『인기의 비결』이라는 잡지를 어느 때보다 꼼꼼히 읽었다. 평소 즐겨 읽는 그 잡지는 바비의 영원한 정신적 안내자로서, 몸매를 관리하고 옷을 갖춰 입는 법, 남자를 사로잡는 법들이 자세히 실려 있었다. 인기의 비결은 상대방이 좋아하는 것이면 무엇이든 관심을 가지라고 조언하고 있었다. 바비는 원자폭탄, 권총, 살상용 소총, 보급품(그는 '아모' 또는 '동그랑땡'이라고 불렀다), 폭발 장치, 지뢰밭, 엄호 사격, 공중 엄호, 개인 참호, 그리고 수륙양용차 등에 대해 몇 시간씩 늘어놓는 그의 장광설을 열심히 들어주었다. 사실 끔찍하게 따분한 이야기였지만, 유명한 전투나 명성 높은 장군에 대해 말할 때 반짝이는 조의 눈동자를 지켜보는 게 좋았다. 자신이 이해할 수 없는 일에 그토록 매료되어 있는 그가 더욱 특별하고 비범한 존재로 보였다.

바비의 머릿속은 오로지 조 일병을 유혹하려는 생각뿐이었다. 조 일병을 만나기 전의 생활 방식은 뒷전으로 밀려났다. 쇼핑이란 말은 꺼내지도 않았으며, 수영장 파티나 데이트, 패션쇼, 친구들과의 나들이 따위에도 흥미를 잃었다. 화장이나 머리 손질하는 것을 잊을 때도 있었다.

바비의 뛰어난 화술도 예전 같지 않았다. 그녀는 디자이너가 만든 청바지나 아이섀도 색상, 예를 들어 최근에 유행하고 있는 '타히티의 살구' 등에 대해 더 이상 이야기를 나누지 못했다. 최근 그녀의 관심사가 아니었기 때문이다. 그 대신 그녀는 공중 사격이나 탱크, 핵무기 등에 대해 말했다. 그녀의 옷맵시는 점점 초라해졌고, 옷도 자주 빨아 입지 않았다.

그녀의 친구들은 이제 그녀를 따분하게 생각했다. 바비인형의 시대는 끝났다고 말했다. 켄달만이 예전의 바비를 그리워할 뿐이었다. 그는 내키지 않았지만 미치와 데이트를 했다. 바비에게 질투심을 불러일으켜 예전의 그녀로 돌아오게 하고 싶었던 것이다. 그러나 바비는 눈 하나 깜짝하지 않았다.

조 일병은 바비가 보이는 열렬한 관심을 즐기는 것 같았다. 바비가 뭔가를 얘기할 때 게슴츠레한 눈으로 허공을 바라보거나, 옆구리를 긁적거렸고, 자꾸만 감기는 눈이 보이지 않도록 모자를 눌러 쓰고 졸기도 했다.

바비는 그가 자신의 이야기에 조금도 관심을 보여주지 않는 것 같아 몹시 속상했다. 하지만 그녀는 그의 두 눈이 초점을 잃었거나 아예 두 눈을 감고 있는 동안에도 혼자 중얼거리면서 좀더 재미있게 이야기하여 관심을 끌어보려고 애썼다. 그러나 조 일병으로부터 전투에 대한 이야기를 너무 많이 들은 탓에 아무리 새로운 이야기를 꺼내려 해도 그녀 역시 전쟁 이야기밖에 떠오르지 않았다.

어느 날 갑자기 시적 영감이 떠오른 바비는 한 편의 시를 짓고는 '적들에 대항하여'라고 제목을 붙인 뒤, 기쁨에 도취해 조에게 달려갔다.

사람들은 그대에게 미워하라 말한다.
저 악마들을 쳐부수라고.
그러나 전쟁이 끝나면
그들은 말한다.
"오, 잠깐만—우리가 실수했어.
저 악마들은 자네 친구들이야."

시를 다 읽은 바비는 자리에 앉아 겸손하게 그가 칭찬해주길 기다렸다. 그러나 조는 한 마디 말도 없이 그녀를 노려볼 뿐이었다.
그가 너무 오랫동안 말이 없자 그녀는 불안해지기 시작했다.
"마음에 안 들어?"
그녀가 물었다.
"적들에 대해 말하고 있잖아. 봐, 운율하며, 모두 다."
"이게 무슨 말라빠진 개뼈다귀 같은 소리야?"
조가 버럭 소리를 질렀다.
"이 얼빠진 날라리야, 그 말도 안 되는 시 나부랭이 갖고 꺼져."
자신의 첫 문학적 영감이 뜻하지 않게 그런 식으로 무시당하자 바비는 화가 났다. 하지만 그녀는 분노를 삼키며 미소를 잃지 않으려고 애썼다. 『인기의 비결』에서 남자친구의 마음을 '열어보라'고 충고했던 말들이 떠올랐던 것이다. 그가 언젠가 개인적인 인생의 목표라 말했던 것에 대해 물었다.

"네 인생의 목표는 뭐니?"

"내 뭐?"

"뭐가 되고 싶냐고. 네 궁극적인 포부 말이야."

"포부 같은 건 없어. 적을 무찌르겠다는 것이 전부야."

"네가 존경받는 인물이 될 수 있다면 어떤 사람이 되고 싶니?"

"전쟁 영웅, 아마 그럴걸."

"넌 내 영웅이 되고 싶진 않니?"

자신의 나일론 속눈썹을 선정적으로 깜박이며 바비가 물었다. 그러자 조가 비웃으며 대답했다.

"넌 훈장 하나도 나한테 줄 수 없잖아. 넌 하찮은 인형일 뿐이야."

"어떻게 그런 말을!"

그녀는 소리를 버럭 지르며 끓어오르는 분노를 참지 못하고 있는 힘을 다해 그의 뺨을 때렸다. 그러자 조가 그녀를 포장 상자 옆으로 집어던지며 말했다.

"잘 들어, 이 계집애야. 이제부터는 날 귀찮게 하지 마. 난 네 텅 빈 머리에서 나오는 수다에 진절머리가 나. 너같이 멍청한 여자는 본 적도 없고 들어본 적도 없어."

그는 자신의 말을 강조하듯 어깨를 으쓱해 보였다.

"넌 정말 역겨워."

바비가 외쳤다.

"넌 날 전혀 좋아하지도 않았어."

"넌 그런대로 괜찮아. 적어도 입을 다물고 있을 때는 말이야. 그런데 넌 말이 너무 많아. 중요한 문제에 대해선 하나도 아는 게 없으면서."

그녀의 말에는 개의치 않는다는 듯 그가 말했다.

"난 가겠어, 이 정신병자 같으니라구!"

바비가 끝내 울음을 터뜨리며 소리쳤다.

"어쩌다 내가 널 근사한 남자로 만들어보겠다는 생각을 했을까? 두 귀 사이에 플라스틱 폭탄밖에 없는 심술궂은 돼지야!"

그 순간 조가 참을 수 없다는 듯 그녀의 따귀를 때렸다. 바비와 조의 관계가 완전히 끝나는 순간이었다.

엉엉 울면서 그곳을 뛰쳐나온 후 바비는 두 번 다시 조의 근처에는 얼씬도 하지 않았다. 조를 만난 후 매일같이 떠들어댔던 군대니 적이니 하는 문제에 대해서도 입도 뻥긋하지 않았다. 자신과 진정으로 깊이 있는 철학을 나눌 수 있는 파트너는 켄달이라고 생각하면서 그에게로 돌아갔다.

켄달은 바비가 다시 돌아오자 무척 좋아했다. 물론 두 사람이 공유할 수 있는 철학이 무엇인지, 그게 깊이가 있는지 어떤지는 알 도리가 없었지만.

그러던 어느 날 바비가 켄달에게 물었다.

"켄달, 넌 네가 애국자라고 생각하니?"

"물론이지, 당연한 거 아냐?"

"애국자이면서 개인적인 네 인생의 목표는 뭐니?"

"애국심이 많은 남자라면 누구나 원하는 것이 있지. 많은 친구를 사귀고, 파티도 하고, 수영장이 있는 집과 콘도도 하나 사고, 와이드 스크린 TV에 음향 시설이 빵빵한 오디오, 그리고 BMW, 포르셰, 페라리가 들어갈 수 있는 차고 말이야."

"그 정도면 알겠어."

바비가 말했다.

"넌 영웅이 되고 싶지는 않니?"

"아니."

"왜?"

"영웅들이란 파멸을 자초하는 운명을 가진 사람들이야."

얼마 후 조 일병은 진짜 화염과 진짜 부상을 입는 전투를 좋아하는 소년에게 팔렸다. 소년은 조 일병의 한쪽 팔을 부러뜨리고 얼음송곳으로 그의 몸뚱이를 마구 쑤셔대는가 하면 장난감 폭탄을 그의 몸 속에 넣고 폭죽을 터뜨려 그를 끔찍한 모습으로 태워버렸다. 온몸이 흉터투성이와 불구가 되어버린 조는 전쟁 영웅은커녕 전사를 겨우 모면한 강제 퇴역 군인이 된 셈이었다.

바비와 켄달은 어린 소녀에게 팔렸다. 소녀는 이들을 사랑하고 잘 보살펴주었으며, 새 옷도 많이 사주었다. 그래서 두 인형은 오래오래 행복하게 살 수 있었다.